Oiss ganz normal

Karin Zick

Oiss ganz normal

Bayerische Satiren

Bibliografische Information der Deutschen Nationalbibliothek:
Die Deutsche Nationalbibliothek verzeichnet diese Publikation in
der Deutschen Nationalbibliografie; detaillierte bibliografische
Daten sind im Internet über http://dnb.denb.de abrufbar.

© Cover-Bild: PantherMedia/Astrid08
© Autorenfoto: Christiane Marek, München

Verlag:
BoD · Books on Demand GmbH, In de Tarpen 42,
22848 Norderstedt, bod@bod.de
Druck:
Libri Plureos GmbH, Friedensallee 273, 22763 Hamburg
ISBN: 978-3-7693-7811-5

Inhalt:

Der Schlierseer Betondackel

Meldung im Miesbacher Kurier am 18.5.:

Ein Tauchgang dreier Sporttaucher fand gestern Nachmittag im Schliersee bei Neuhaus ein unerwartetes Ende: In zehn Metern Wassertiefe stießen sie auf die gut erhaltene Leiche eines Kurzhaardackels mit einbetonierten Beinen. Die Taucher bargen die Hundeleiche und übergaben sie dem herbeigerufenen Tierarzt. Der Hund trägt kein Halsband, jedoch an der Innenseite des linken Hinterschenkels ein auffälliges Muttermal in Form eines Kleeblatts. Die Polizei bittet die Bevölkerung um Informationen, ob jemand diesen Hund kennt oder ihn vermisst. Hinweise nimmt die Redaktion des M.K. entgegen und die Polizeidienststellen im Raum Miesbach.

Kurt Grabenthaler versucht seit einer halben Stunde, sein Weißwurstfrühstück im Büro seiner Baufirma in Ruhe zu genießen, als schon wieder das Telefon klingelt. Er kaut die lauwarme Weißwurst hastig zu Ende und wirft die ausgezuzelte Haut genervt auf den Teller. Grantelnd nimmt er den Hörer ab:

»Jetz glangts, Frau Maischner. I hob Eahna doch gsogt...«

»Ja, Herr Grabenthaler. Aber der Herr Bremberger is dran – dringend, wegen dem Mario!«

Grabenthaler stutzt, schaut zweifelnd den Telefonhörer an: »Was ... Mario?« Grabenthaler drückt eine Taste: »Ferdl? Was ist mit 'm Mario?«

Er fischt im Kessel nach der dritten Weißwurst. Ferdinand Bremberger, ein alter Weggefährte im Landrat und Trachtenverein überschlägt sich beinahe:

»Stell da vor... liest du koa Zeitung? Des is bestimmt da Mario... im See haben s' ihn gfundn. Eibetoniert!«

Grabenthaler wühlt in den Papieren auf dem Schreibtisch, angelt den Miesbacher Kurier hervor und beginnt hastig zu blättern. Bremberger sprudelt unterdessen weiter:

»Jaaa, Taucher haben an zufällig gfundn, in zehn Meter. Jetz liegt a in Neihaus beim Tierarzt Heberl.«

Grabenthaler findet die Meldung: »Des derf ja ned wahr sei!« Er leert sein Weißbierglas in einem Zug, um mit dem Gerstensaft seine Aufregung hinunterzuschlucken. »Des Muttermoi... ja, des is a! Dank da, Ferdl. Der Sach muaß i nochgeh!«

Er legt auf, liest die Meldung noch einmal in Ruhe durch und greift zum Telefon: »Frau Maischner, an Mario habns gfundn! Verbinden S' mi mit meim Bruada in Genua.«

Kurz darauf teilt er seinem Bruder Sebastian die Neuigkeiten mit. Der ist noch immer Teilhaber der gemeinsamen Baufirma Sebaku-Bau, hat sich jedoch vor einigen Jahren in Genua einen Zweitwohnsitz zugelegt und auch dort ein Geschäft eröffnet. Von Zeit zu Zeit besucht er seinen Bruder in seinem Anwesen bei Neuhaus, so auch im letzten Frühherbst, als ein gemeinsames Geschäft mit einer Münchner Firma kurz vor dem

Abschluss stand. Die beiden Brüder fuhren morgens nach München und wollten Mario mitnehmen. Aber der war offenbar einer unwiderstehlichen Spur gefolgt und nicht zu finden und so fuhren die beiden ohne den Dackel los. Als sie abends zurückkehrten, war Mario immer noch verschwunden. Sebastian Grabenthaler musste wieder nach Italien zurück und überließ seinem Bruder Kurt die weitere Suche. Sie war vergeblich geblieben. Seither hatte niemand das allseits beliebte Zamperl je wieder gesehen.

»Willst ned kumma und an Mario holn?« fragt Kurt Grabenthaler seinen Bruder.

»Wos soll i mit am totn Hund? Da Mario werd ned lebendig, wenn i kumm. Aber geh bittschön der Sach mit dem Betonblock nach. Des is a Schweinerei, sowos! Und des Gered erst...«

Das brechreizende Geruchspotpourri von Salmjakgeist, Formaldehyd und Leichensüße nimmt Grabenthaler ob seiner inneren Bewegtheit kaum wahr, als der Tierarzt Dr. Stefan Heberl in einem Nebenraum seiner Praxis die Kühltruhe öffnet und den betonierten Mario heraushebt. Auf einer Seite zeichnet sich etwas großes Viereckiges unter dem Leichentuch ab: der Betonblock. Dr. Heberl wirft das Tuch zurück, zieht die Hinterschenkel des Dackels etwas auseinander und deutet wortlos auf das sichtbar werdende Muttermal.

»Mei... mei... des is a!« Grabenthaler legt seine Hände an die Wangen und ist sichtbar erschüttert. »Da Mario«.

»Wolln S' ihn glei mitnehma?« fragt ihn der Tierarzt in nüchterner Geschäftsmäßigkeit. »I brauchat den Platz«.

Grabenthaler überhört die Gefühllosigkeit von Dr. Heberl: »Konn ma scho sagn, wia lang da Mario im Wasser glegn is?«

»Ned genau. Der Hund war vor allem im Winter im Wasser, do halt se so a Leich recht lang frisch.« Dr. Heberl deckt Mario wieder zu.

Grabenthaler räuspert sich und findet zu seiner gewohnten Gleichmütigkeit zurück: »I wui genau wissen, an wos da Mario gstorbn is und wia lang a im See glegn is.«

Dr. Heberl: »So a Obduktion is aber fei ned billig. Es is ja immerhin bloß a...«

»Was hoaßt do ‚bloß‘? I zahl des scho!«

Grabenthaler verlässt die Praxis. Dr. Heberl verdreht die Augen ob der ihm nun bevorstehenden und seiner Meinung nach völlig überflüssigen Mehrarbeit. Obduktion an einer Hundeleiche! Auf Ideen kommen die Leute! Er geht zum Telefon und ruft einen Freund beim Miesbacher Kurier an.

Meldung im Miesbacher Kurier am 20. Mai:
Schlierseer Betondackel identifiziert!
Bei der vor kurzem geborgenen Hundeleiche handelt es sich um Mario, dessen Besitzer der Bauunternehmer Sebastian Grabenthaler war. Dieser hält sich bekanntlich seit vier Jahren überwiegend in Italien auf, wo er ein weiteres Bauunternehmen betreibt. Sein Bruder, Landratsmitglied Kurt Grabenthaler, identifizierte gestern bei Dr. vet. Heberl

den Hund eindeutig. Grabenthaler beauftragte Dr. Heberl mit der Obduktion von Mario, um die Todesumstände des Hundes aufzuklären, der seit September letzten Jahres von den Grabenthalers vermisst wurde.

Dass Mario kein natürlicher oder ein Unfalltod ereilt hat, ist offensichtlich. Eine Obduktion wird in der Regel ohnehin nur durchgeführt, wenn der Verdacht eines Verbrechens besteht. Im Falle von Mario ist deshalb vor allem die Frage nach dem Betonblock an seinen Beinen von Interesse. Diese Todesart ist uns allen aus den einschlägigen Kriminalfilmen südländischer Coleur als bevorzugte Beseitigungsmethode bestimmter Kriminellenkreise bekannt. Ohne dem Ergebnis der Obduktion vorzugreifen, könnte aus dem bedauerlichen Ableben eines niedlichen Dackels noch eine ganz andere Geschichte ins Rollen gebracht werden.

Im Stanzlerwirt in Neuhaus rauchen abends am Stammtisch nicht nur die Zigarren, sondern auch die Köpfe der Stammtischrunde. Das Bier in den Maßkrügen nähert sich wegen der hitzigen Empörung der Tischbesatzung dem Siedepunkt. Es macht im Gegensatz zu den Stammtischlern mittlerweile einen recht schlaffen Eindruck. Eine Ausgabe des Miesbacher Kurier liegt, vom mehrfachen Herumreichen zerknittert, auf dem Tisch.

»Des derf doch ned wahr sei! Grabenthaler und d' Mafia!« Karl Ferstl, Altwirt des Lokals, schüttelt immer wieder konsterniert seinen Kopf und lässt dann einen guten halben Liter Gerstensaft ohne abzusetzen die Kehle hinunterströmen.

Der Metzgermeister Walter Schieder zu seiner Rechten tut es ihm gleich. Mit seinem Zeigefinger wischt er einmal nach rechts und einmal nach links seinen gescheitelten Schnauzer vom Bierschaum frei: »Oiso, mi wundert des ned. Des war doch koa Zuafall, dass da Sebi seinerzeit ausgrechnet scho in Italien war, ois d' Firma vo de Grabenthalers kurz drauf wegn Schwarzarbeiter auf de Baustelln ins Gred kumma is. Des warn doch alles Italiener, oder?« Schieder schaut in Erwartung einer Bestätigung in die Runde.

»Sowieso«, ist sich nicht nur Karl Ferstl sicher. »Und überhaupts: Glaubts ihr, dass de Grabenthalers alloa mit ihrer Baufirma drunt in Schliersee des Haufa Geld gscheffelt haben?« Ferstl lehnt sich zurück mit einer Haltung des »Ich-weiß-Bescheid« und greift zum frisch gefüllten Maßkrug. »Do sann no ganz andre Sachan glaffa, sag i euch!«

Die Stammtischrunde nickt zustimmend und hebt in seltener Einstimmigkeit fast synchron die Bierkrüge.

»Genau«, ergänzt der Immobilienmakler Alois Greuzinger. Er beugt sich nach vorne und schaut bedeutungsvoll in die Runde. Mit hochgezogenen Augenbrauen verkündet er: »Da Sebi wird scho gwusst haben, warum a agratt zu de Itaker gangen is. Do geht alles ned so genau wia bei uns mit de Baugenehmigungen und am Bauland abluchsn und so. I kenn mi da aus.«

»Und de Brüder schanzen se jetzt Aufträg zua«, weiß ein anderer Insider zu berichten.

Karl Ferstl schaut sein Gegenüber, den jungen Brunner an: »Da hast in a saubre Familie neigheirat! Dei Monika werd außer ihrer Barschaft no a

Mitgift eibracht haben, de dir no schwer im Magn liegn wird!«

Moritz Brunner, der ‚Studierte‘, ist am Stammtisch nur geduldet, weil die Gene gnädig mit ihm umgegangen sind: Er ist der Sohn des Bürgermeisters. Mit seinen schmalen, blassen Händen winkt er ab und versucht, die Gemüter zu beruhigen:

»No weiß ma nix und ma soll niemand was Schlechts nachsagn, wenn ma ned hundertprozentig weiß, wos wirklich los is.« Er nimmt einen kleinen Schluck aus seinem Weißweinglas.

Neben ihm zündet sich ein Stammtischler eine Zigarre an. Zwischen dem Paffen von Rauchwölkchen tönt es mit Pausen: »Aber ... de Grabenthalers... haben des scho raus mit dem Geldmacha.« Nach einem tiefen Zug an der Zigarre lacht er kurz auf: »Wia de den Miasbacher Stadtrat rumkriagt haben wega dem Grundstück für de Ferienwohnunga: Nix mehr war’s mit dem Naturgeschutzgebiet. Hund sind s’ schon!«

Ein weißblauer Himmel strahlt vormittags über Neuhaus. Vor der Metzgerei Schieder – und nicht nur hier – ist der Betondackel mit Mafia-Verbindungen das Tagesgespräch im Ort. Eine Gruppe Neuhauser debattiert aufgeregt.

»A bayerischer Dackel – wia kann ma dem an italienischen Namen gebn?«

»Wahrscheinlich hat da Mario an Schoßhund von am Paten bissn und deswegn haben s’ eahm umbracht!«

»So a Schmarrn!« widerspricht die Altwirtin Ferstl energisch, »Natürlich geht’s da um Gschäfte mit da Mafia. As Schutzgeld wird a halt ned zahlt haben für oane vo seine Baustelln in Italien! Und des arme Viecherl hat als letzte Warnung dran glaubn müssen.«

Betretenes Schweigen in der Runde. Eine rundliche Anfangssechzigerin erinnert sich:

»Mei, wissen S' noch, wia se da Mario immer vor da Metzgerei auf de Hinterfüß gstellt hat, weil er gwusst hat, dann kriegt a eine Wurst?«

»Ja, freilich! Und Katzn hat er so gern mögn. Mein Peterl hat er immer zur Begrüßung von obn bis untn abgschleckt...«

Wieder Schweigen. Eine Dame fragt sich laut: »Was werd jetzt überhaupt mit dem Mario? Den kann ma doch ned einfach so zur Tierkörperverwertung gebn?«

Ein älterer Herr im Nadelstreifenanzug wirft ein: »Der hat eine anständige Ruhestätte verdient. Eigentlich müsst er ausgstopft werdn.«

Alle nicken zustimmend und man ist sich einig, dass alles unternommen werden muss, damit Mario als unschuldiges Opfer dubioser Geschäftspraktiken unvergessen bleibt.

Miesbacher Kurier am 23. Mai:

Betondackel wurde mit Kopfschuss niedergestreckt.

Die Obduktion des einbetonierten Dackels Mario hat ergeben, dass der Hund bereits tot gewesen sein musste, als er im See versenkt wurde, denn in seinen Lungen befand sich kein Wasser. An der Stirn fand Dr. Heberl Schusswunden, die laut der sichergestellten Kugel von einer Kleinkaliberpistole stammt. Wie lange die Hundeleiche im

Wasser gelegen hat, konnte nur ungefähr ermittelt werden: »Bei den niedrigen Wassertemperaturen zwischen Herbst und Frühjahr in zehn Metern Tiefe hält sich eine Leiche teilweise über Jahre relativ unversehrt. Den Aufschwemmungen nach zu urteilen, würde ich von einer Liegezeit von mindestens einem guten halben Jahr ausgehen«, so Dr. Heberl. Was mit der Hundeleiche geschehen soll, hat Landratsmitglied Kurt Grabenthaler noch nicht entschieden; sie verbleibt bis auf weiteres in der Tierarztpraxis.

Zu den möglichen Hintergründen des mysteriösen Todes des Hundes wollte sich Kurt Grabenthaler dem M.K. gegenüber nicht äußern. Die Vermutung, dass eine Verbindung zum organisierten Verbrechen bestehen könnte, gewinnt durch das Schweigen von Kurt Grabenthaler neue Nahrung.

Auf einer Anhöhe ein wenig außerhalb von Neuhaus prangt das stilvoll restaurierte Bauernhaus der Grabenthalers. Ein weitläufiger Garten mit Obstbäumen und Blumenanlagen umgibt das alleinstehende Anwesen. Um einen runden, schneeweißen Gartenpavillon in klassisch griechischem Stil beginnen sich Rosen zaghaft emporzuranken. Ein idyllischer Ort von ländlich-gediegener Ruhe, ein Hort der Entspannung und des Naturgenusses, begleitet vom Zirpen und Summen der Insekten und früher auch vom Bellen Marios.

Der Kiesweg zum Grabenthaler-Haus ist von parkenden Autos gesäumt, Menschen, mit Fotoapparaten und Diktiergeräten behängt, wuseln um das Haus und drücken sich immer wieder die Gesichter an den Fenstern im Erdgeschoss platt. Ein solches Stimmengewirr, unterbrochen von einzelnen lauten Rufen, gibt es sonst nur bei den zahlreichen Partys der Grabenthalers.

Drinnen hockt Kurt Grabenthaler an seinem Esstisch mit einer Flasche Enzian. Das Telefon auf der Anrichte läutet ununterbrochen. Grabenthaler ignoriert es standhaft.

Um diese frühe Vormittagszeit sitzt er sonst im Büro seiner Firma, aber dort harrte die Reportermeute seit frühmorgens aus, wie ihn seine Sekretärin rechtzeitig warnen konnte. Also kehrte er auf halbem Weg wieder um und fuhr nach Hause zurück. Nun sitzt er in der Falle: Die sensationshungrigen Medienwölfe lassen sich nicht abschütteln, er kann keinen Fuß vor die Tür setzen, ohne sogleich umringt zu sein von dem geifernden Rudel, und sie würden ihm folgen, wohin er auch immer gehen mochte.

Nach einem weiteren doppelten Enzian schnauft Grabenthaler tief durch, steht auf, zieht sich seinen Janker an und geht in den Flur. Ihm ist klar, dass er keine Chance mehr hat: Er muß raus und die Dinge klarstellen.

Kaum hat er die Haustür geöffnet, kann er gerade noch einen Schritt machen und ist im nächsten Moment Teil der Horde. Über die Köpfe der Reporter gehobene Fotoapparate klicken, Mikrofone und Diktiergeräte recken sich ihm entgegen. Ein Fragengewirr prasselt auf ihn ein:

»Herr Grabenthaler, ist an den Gerüchten mit der Mafia etwas dran?«

»Sie sind doch über die Geschäfte Ihres Bruders in Italien informiert!«

»Sind auch noch andere bekannte Geschäftsleute involviert?«

Grabenthaler versucht zu beschwichtigen: »Meine Damen und Herren, so kommen wir nicht weiter. Lassen Sie mich eine kurze Erklärung abgeben.«

Die Reporter starren Grabenthaler schweigend und erwartungsvoll an. Grabenthaler streicht sich über seine lichten Haare und beginnt mit bewußt ruhigem, jovialem Ton:

»Meine Damen und Herren, die Grabenthalers sind seit Generationen als solide, integre Geschäftsleute bekannt. Unser Bauunternehmen hat in vielfältiger Weise dazu beigetragen, dass unsere Region für den Fremdenverkehr erschlossen...«

Eine junge Reporterin unterbricht ihn barsch: »...zubetoniert haben, wollten Sie wohl sagen?«

Ein anderer Journalist: »Und Naturschutzgebiete mit fadenscheinigen Versprechungen von den Gemeinden als Bauland ausgewiesen bekommen.«

Grabenthaler versucht sich weiterhin in Gleichmut: »Sie verdrehen die Tatsachen. Tatsache ist, dass nicht zuletzt durch unsere Bautätigkeit viele neue Arbeitsplätze geschaffen wurden. Wir haben immer die Anliegen aller Seiten berücksichtigt und zum Wohle des Gemeinwesens...«

Ein Reporter unterbricht ihn erneut: »Ist ja recht und schön. Aber hier geht es um eine andere Preisklasse. Immerhin sagt man Ihnen und Ihrem Bruder Kontakte zur Mafia nach. Wie passt das zu Ihrer Integrität?«

Aus dem Hintergrund eine Stimme: »Und was ist mit den Schwarzarbeitern auf Ihren Baustellen?«

Grabenthalers geschmeidiger Kurs, mit dem er im Landrat ansonsten punktet, droht zu wanken: »Also ganz konkret: Das ist an den Haaren herbeigezogen. Wer so etwas behauptet, muss erst einmal Beweise vorlegen.«

Die junge Reporterin hakt nach: »Sie distanzieren sich damit nicht ausdrücklich von den Vorwürfen. Was ist, wenn Beweise auftauchen?«

»Es gibt keine Beweise, weil es keinen Anlass gibt, Beweise vorlegen zu müssen. Und logischerweise gibt es deshalb auch niemanden, der solche sogenannte Beweise vorlegen würde.«

Ein weiterer Reporter nimmt die Witterung auf: »Das heißt nichts anderes, als dass Ihre italienischen Partner professionelle Arbeit abgeliefert haben und das Gebot des Schweigens befolgen.«

»Ich kann nur sagen: Weder mein Bruder noch ich haben irgendeinen Grund, sich rechtfertigen zu müssen«.

Gelächter in der Reporterrunde.

»Ach ja, und was ist mit den Schwarzarbeitern? Vor ein paar Jahren gab es bekanntlich Kontrollen auf Ihren Baustellen aufgrund eines anonymen Hinweises. Soweit ich mich erinnern kann…«

Grabenthaler schlängelt sich weiter durch: »In jeder Branche gibt es schwarze Schafe, aber wir haben solche Praktiken nicht nötig. Der Hinweis kam seinerzeit ganz klar von einem Neider, der sich rächen wollte. «

»Oder von einem, den Sie mit halblegalen Tricks über den Tisch gezogen haben?«

»Wir ziehen niemanden über den Tisch, das ist nicht unser Stil. Wir machen unsere Geschäfte immer so, dass uns niemand am Zeug flicken kann...«

Wie auf ein geheimes Kommando entfernen sich die Reporter unvermittelt mit einem »Vielen Dank, Herr Grabenthaler« aus ihrer Mitte und rennen zu ihren Autos. Grabenthaler steht allein vor der Haustür, atmet erleichtert durch.

Miesbacher Kurier am 25. Mai:

Schlierseer Betondackel doch ein Opfer der Mafia?

Die gestrigen, ersten Statements von Kurt Grabenthaler der Presse gegenüber macht die im Raum stehende Verbindung seines Bruders und der gemeinsamen Firma Sebaku-Bau mit dem organisierten Verbrechen in Italien immer wahrscheinlicher. In seiner aus Landratsdebatten wohl bekannten Schmierseifentaktik vermied er die direkte Stellungnahme zu den erhobenen Vorwürfen unter Hinweis auf das Fehlen jeglicher Beweise und die Verdienste seiner unternehmerischen Tätigkeit für die Region.

Laut Grabenthaler »gibt es keinen Anlass, Beweise vorlegen zu müssen«. Es gäbe folglich auch niemanden, der solche erbringen werde.

Beruhigen kann eine solche Antwort kaum. Sie lässt eher aufmerken insofern, als sich die Beteiligten im Fehlen jeglichen Rechtsbewusstseins entweder keiner illegalen Geschäftspraktiken bewusst sind oder aber von höherer Stelle einen Persilschein erhalten haben. Wenn Grabenthaler dann noch »guten Stil« für sein Geschäftsgebaren postuliert und im gleichen Atemzug bestätigt, dass die

Grabenthalers ihre Geschäfte immer so arrangieren, dass »uns niemand am Zeug flicken kann«, so dürften bei jedem halbwegs anständigen Bürger die Alarmglocken schrillen.

Die Verdienste der Grabenthalers um die Region, aufgrund derer sie nicht zuletzt ihr Ansehen gegründet haben, erscheinen nun in einem unappetitlichen Licht. Nicht nur das: Jeder, der seinen Arbeitsplatz den Grabenthalers zu verdanken hat, muss sich nun fragen, ob er nicht schon unwissentlich Mitglied im organisierten Verbrechen ist.

Tags darauf nachmittags im Polizeirevier in Neuhaus. Polizeiobermeister Gerstmayr debattiert am Telefon mit einem Falschparker, den er tags zuvor aus einer Feuerwehreinfahrt hat abschleppen lassen. Der uneinsichtige Parksünder versucht sich mit allerlei abenteuerlichen Ausreden herauszuwinden. Gerstmayr beschränkt sich angesichts des bereits einige Minuten dauernden Diskurses auf spärliche, lange eingeübte Beamtenfloskeln:

Von wegen nur drei Minuten... Das kann jeder sagn... Da hab i scho ganz andre Ausreden ghört.«

Gerstmayr schneidet seinem älteren Kollegen, Polizeihauptmeister Weimann, der ihm gegenüber am Schreibtisch sitzt, Grimassen, in denen er den Parksünder nachäfft. Dann spricht er ein Machtwort:

»Da brauchn mir jetz nimmer lang rumredn – die Beweislage is eindeutig. Sie zahln des Bußgeld und des Abschleppn, sonst gibt's wirklich Ärger und Ihren Karrn behalten wir.«

Das verzogene Gesicht Gerstmayrs, wie nach einem plötzlichen lauten Geräusch erschreckend, lässt darauf schließen, dass sein Gesprächspartner unvermittelt den Hörer aufgeknallt hat.

»Des hab i gern: Die fahrn mords Kisten und glaubn, sie sann da Graf Sowieso und könna sich alles erlaubn!«

Der Mittdreißiger Gerstmayr ist ansonsten nicht so kleinlich und drückt bei den kleinen Leuten schon mal ein Auge zu, man ist ja auch Mensch. Aber auf die Großkopferten ist er schlecht zu sprechen. Die Erinnerung an den Verkauf seines von den Großeltern geerbten Grundstücks an die Grabenthalers vor ein paar Jahren bohrt immer noch schmerzhaft. Gerstmayr brauchte damals Geld und für einen Spottpreis luchste ihm Sebastian Grabenthaler mit – wie sich später herausstellen sollte – bewusst falschen Informationen aus dem Bauamt den Wiesengrund ab. Was soll man mit einer Wiese schon anfangen, so Grabenthaler damals, wenn sie weder landwirtschaftlich genutzt werde, noch als Bauland ausgewiesen sei? Ein paar Monate darauf war die Baugenehmigung erteilt und die Grabenthalers sahnen mit ihren flugs hingestellten Ferienappartements nach wie vor glänzend ab.

Da ist ihm der Mercedes-Bonze aus Starnberg in der Feuerwehreinfahrt gerade recht gekommen – als Angehöriger einer Gesellschaftsklasse, zu der Gerstmayr nie gehören wird und als Stellvertreter für seine immer noch schwelenden Rachegelüste gegen eben jene. Gerstmayr fühlt sich ohnehin zu Höherem berufen, als in einer Provinzwache sein ermittlerisches Hochtalent mit banalen Alltagsdelikten verkümmern zu lassen.

Insofern ist der einbetonierte Mario für Gerstmayr ein Geschenk des Kriminalerhimmels. Er lehnt sich in seinem Bürostuhl zurück, verschränkt die Hände hinter dem Kopf und deutet mit ihm auf den Miesbacher Kurier auf seinem Schreibtisch:

»Soll i Dir mal was sagn, Flori, de Grabenthalers haben sauber Dreck am Steckn.«

Weimann schaut seinen Kollegen ungläubig an: »Geh weiter! Des Ganze wird doch von da Presse bloß hochgspielt. Des ist doch ein ausgmachter Schmarrn!«

Gerstmayr mit wissend hochgezogenen Augenbrauen: »Des hab i zuerst auch glaubt, aber überleg mal: Wer betoniert scho an totn Hund ei und schmeißt ihn dann ins Wasser? Und dann des Labern vom Grabenthaler. Der hat sich doch rumgwunden, dass höher nimmer geht.«

Sein Kollege winkt ab: »Mei! Jetz vagiß a mal de Sach mit deinem Grundstück!«

»Des hat damit gar nix zum doa. I frag mi halt, warum se aus dem ganzen Landkreis Zeitungsleut für de Sach interessieren. De sind ja ned blöd und fahrn für nix und wieder nix in der Gegend rum. Die haben Informationen, de mir nicht haben. Des wär ja ned des erste Mal.«

Der Polizeihauptmeister Weimann schüttelt den Kopf, aber der angehende Top-Ermittler beim Landeskriminalamt, Bernhard Gerstmayr, ist nicht zu bremsen:

»Überleg a mal: Erst muaß der Hund erschossn werdn – des muaß doch jemand ghört haben! Dann muaß da Beton angerührt werdn und da Hund neigstellt, dann muß der Beton ja auch noch hart werdn. Und dann wird der Beton auch no akkurat viereckig ausgschnittn...«

Kollege Weimann stützt seinen Kopf in die Hände und lauscht Gerstmayrs Ausführungen gespielt interessiert.

»... dann muaß der Hund mit dem Betonblock auf 'n See bracht werdn. Der hat fei ein Gwicht, so ein Betonblock. Wenn ma so einen Aufwand treibt, des muaß doch jemand mitkriegt haben! Und warum macht sich überhaupts jemand so eine Arbeit, um einen Hund umzubringen und zu beseitigen?« Gerstmayers Handflächen zeigen fragend nach oben.

Weimann in gelangweiltem Ton: «Und, was willst jetz machen?»

Gerstmayr beugt sich vor und schaut sinnierend auf die Zeitung: »A bisserl rumfragn bei de Leut. Des kann ned schadn. Da braucht bloß no einer a Rechnung offen haben mit de Grabenthalers...«

»So wia du?« wirft Weimann ein.

»I kann Dienst von Privat unterscheidn, Flori«. Gerstmayr steht auf, zieht seine Uniformjacke an und setzt seine Mütze auf. »Ihr unterschätzt des alle mitnander, bloß weil Großkopferte beteiligt sind. Da gehen alle in d' Knie. Aber i ned.«

«An deiner Stell tät i wartn, bis da Gruppenleiter vom Urlaub zruck is«, mahnt Weimann.

Gerstmayr schaut kurz auf die Tür zum Büro des Vorgesetzten und meint dann bissig: »Bis der wieder da is, sann wichtige Spuren scho vernicht. So lang wart i ned.«

Er rückt seine Uniform zurecht und stapft in wilder Entschlossenheit zur Wache hinaus. Kollege Weimann sieht durchs Fenster – nichts Gutes ahnend – den Polizeiwagen davonpreschen.

Dr. Heberl hat seinen Arztkittel gerade halb ausgezogen, um endlich Feierabend zu machen, als es läutet. Seine Praxis ist seit der Obduktion Marios ungewöhnlich stark frequentiert. Bis von Miesbach kommen seit neuestem die Leute und sei es nur wegen einer Aufbauspritze für einen dreijährigen, topfiten Kater. Während der Behandlung schauen die Tierhalter dann verstohlen herum, ob sie nicht den einbetonierten Mario entdecken. Manch einer fragt auch unverhohlen, ob er nicht einen Blick auf die Hundeleiche werfen dürfe, so etwas sehe man schließlich nicht alle Tage. Der Tierarzt, seiner sarkastischen Ader folgend, entgegnet dann, das sei leider erst in einer Woche möglich, weil dann nämlich die Versteigerung für den Besichtigungstermin vorüber sei; der Interessierte könne sich aber gerne in die Liste mit den Geboten eintragen...

Es klopft an der Tür zum Behandlungszimmer und fast zeitgleich steht Gerstmayr im Raum.

Grüß Gott, Herr Doktor. Ich weiß, Sie haben grad keine Sprechstund, aber i hab a paar Fragen wegen dem Mario.«

Dr. Heberl: »Privat oder dienstlich?«

»Dienstlich.«

Der Tierarzt zieht seinen Kittel aus und setzt sich an seinen Schreibtisch. »Und wieso? Glauben Sie vielleicht den Krampf mit der Mafia? Es gibt halt a paar gstörte Tierhasser, die so was machen. Vor ungefähr vier ... nein, fünf Jahren hat a Bäuerin ihr Katz bei mir vorbeibracht. Der habns die Ohren abgschnittn und an... Ich mein natürlich: der Katz... Was will also da die Polizei?«

Gerstmayr setzt sich auf den Besucherstuhl dem Tierarzt gegenüber, legt seine Dienstmütze auf den Tisch.

»Wir müssen da sichergehen.«

»Wolln S' de Leich sehn?«

Der Polizeibeamte schüttelt energisch den Kopf. »Des braucht's ned. Mi interessiert mehr de Kugel, mit der der Hund erschossn wordn is.«

Dr. Heberl holt aus einem Regal seines Sprechzimmers eine Glasschale mit der Kugel und hält sie Gerstmayer hin. Der zögert, schaut den Tierarzt fragend an. Dr. Heberl beruhigend:

»De is greinigt.«

Gerstmayr nimmt das Geschoss, legt es in seine Handfläche und besieht es sich mit Kennerblick. Dann klemmt er sie zwischen Daumen und Zeigefinger und dreht sie nah an seinem Ohr hin und her. Dr. Heberl beobachtet die Szene, bequem in seinem Sessel zurückgelehnt, die Hände vor seinem stattlichen Bauch verschränkt:

»Recht aufschlussreich, gell? Des is eindeutig a Kugel von einer Pistole, bestimmt von einer italienischen.«

Gerstmayr überhört die süffisante Bemerkung: »De nehm i mit zur genaueren Analyse. Ballistiker finden ganz schnell raus, zu welcher Waffe de Kugel ghört«, erklärt Gerstmayr, steckt sie in die Brusttasche seiner Uniform und steht auf, bereit zu gehen. Dr. Heberl begleitet ihn zur Tür und meint beim Hinausgehen:

»Wenn S' was rauskriegt haben, gebn S' mir Bescheid?«

»Tut mir leid, aber des geht ned. Schwebende Ermittlungen.«

Der Tierarzt nickt verständig und verabschiedet den Polizeibeamten.

Der Neuhauser Bürgermeister Alfred Brunner fährt im Flur des Gemeindehauses noch mal mit dem Kamm durch seine graumelierten Haarreste, zupft sein Sakko zurecht, kontrolliert seine Zahnreihen auf etwaige Überbleibsel seines Frühstücks und macht sich auf den Weg zu seinem Amtszimmer, wo die Fernsehleute eines Münchner Lokalsenders auf ihn warten. Als er den Raum betritt, Kamera und Mikrofon registriert, räuspert er sich innerlich, lässt sich seine Nervosität nach außen aber nicht anmerken.

Die junge Fernsehjournalistin, das Mikrofon schon in der Hand, geht Brunner entgegen, streckt ihm ihre Hand hin und begrüßt den Bürgermeister in betont lockerem Ton:

»Herr Bürgermeister, schön, dass Sie Zeit für uns opfern. Und vielen Dank im voraus für Ihre Kooperationsbereitschaft. Keine Angst: das ist alles kein Problem. Wir schneiden hinterher sowieso. Zahnarzt ist viel schlimmer.«

Brunner drückt die gereichte Hand und mustert die Journalistin mit einem erfahrenen, unauffälligen Ganzkörperblick: eine fesche Person und so jung. Sein Lampenfieber legt sich ein wenig, weil gleichzeitig väterliche Gefühle in ihm hochschwappen, die ihm suggerieren, dass er mit dieser jungen Frau leichtes Spiel haben wird.

»Ich bin aber hoffentlich noch nicht on?«, versucht Brunner die Situation mit einem Scherz aufzulockern.

»Nein, nein. An der Tür stehen Sie nicht im richtigen Licht; wir möchten Sie gerne vor dem Fenster haben«, entgegnet die Journalistin und dirigiert Brunner verbindlich lächelnd zum Drehort. Der Kameramann fuchtelt mit einer Hand in verschiedene Richtungen, bis Brunner am richtigen Platz steht und hebt dann den Daumen.

Die Journalistin: »So, Herr Bürgermeister, Sind Sie soweit?«

Brunner zupft wieder am Sakko und nickt. Die Journalistin gibt dem Kameramann ein Zeichen und hält Brunner das Mikrofon hin:

»Herr Bürgermeister Brunner, die Leiche des einbetonierten Hundes im Schliersee hier in Neuhaus ist mittlerweile ja über den Landkreis hinaus Tagesgespräch. Denn die Art und Weise, in der der Dackel zu Tode kam, ist äußerst ungewöhnlich und gibt zu allerlei Spekulationen Anlass.«

Der Bürgermeister starrt auf das Mikrofon: »Richtig, einen derartigen Todesfall hatten wir in der Tat noch nicht und werden alle uns zur Verfügung stehenden Mittel zu dessen Aufklärung einsetzen.«

»Herr Bürgermeister, die Spekulationen drehen sich konkret um einen mögliche Verbindung des Hundebesitzers, dem angesehenen Bauunternehmer Sebastian Grabenthaler, mit der Mafia. Was ist Ihre Einschätzung zu diesen Vorwürfen?«

»Meines Erachtens sind diese Vorwürfe aus der Luft gegriffen, aber ich möchte den polizeilichen Ermittlungen nicht vorgreifen und werde sie unterstützen. Auch im Hinblick auf das Ansehen der Familie Grabenthaler. Ihre Verdienste um die wirtschaftliche Entwicklung in unserer Region sind unbestritten und es gilt, Vorverurteilungen den Boden zu entziehen.«

Brunner schaut mittlerweile nicht mehr das Mikrofon an, sondern blickt offen in die Kamera. Die Journalistin weiter:

»Inzwischen haben sich die Verdachtsmomente aber erhärtet, denn die Verbindungen der Grabenthalers nach Italien sind unleugbar. Es gab ja vor Jahren schon einmal Wirbel um die Sebaku-Bau wegen italienischer Schwarzarbeiter und nicht ganz koscheren Methoden bei der Baulandgewinnung?«

Der mittlerweile härter werdende Kurs der Journalistin überrascht Brunner: »Wie bereits gesagt: Ich verfolge die Ermittlungen sehr aufmerksam und stehe mit den Beamten in engem Kontakt. Rückhaltlose Aufklärung ist auch mir ein Anliegen, schließlich steht das Ansehen eines Honoratioren und verdienstvollen Parteimitglieds auf dem Spiel und zum anderen müssen schwarze Schafe in Wirtschaft und Politik ans Licht gezerrt werden. Aber bitte keine Vorverurteilungen: wir leben in einem Rechtsstaat.«

Die Journalistin lässt nicht locker: »Wie steht die Partei zu den Vorwürfen? Es geht ja nicht nur um die Reputation eines Einzelnen, sondern auch um die Verflechtung von Politikern mit dem organisierten Verbrechen.«

»Mit den Parteikollegen bin ich da einer Meinung: Sollte sich einwandfrei erweisen – ich betone: einwandfrei –, dass die Ermittlungen eine solche Verbindung bestätigen, werden wir nicht zögern, härteste Konsequenzen zu ziehen. Dann steht das Gemeinwohl natürlich über dem Wohl des Einzelnen.«

»Herr Bürgermeister, wenn das organisierte Verbrechen beteiligt ist, wird ja normalerweise das Landeskriminalamt eingeschalten und die Staatsanwaltschaft. Ist in dieser Richtung schon etwas unternommen worden?«

Brunner stutzt unmerklich, antwortet dann ein wenig haspelnd: »Nun...äh... es handelt sich ja erst nur um einen sehr vagen Verdacht. Da wollen wir nicht gleich schärfste Geschütze auffahren, auch im Sinne des Steuerzahlers. Wir haben sehr fähige Polizeibeamte hier und die sind mit den ersten Ermittlungen beauftragt. Sollte sich der Verdacht erhärten, werden wir selbstverständlich die zuständigen Behörden hinzuziehen.«

»Herr Bürgermeister, wir danken Ihnen für dieses Gespräch.«

Der Kameramann nimmt seine Kamera von der Schulter, die junge Journalistin legt das Mikrofon beiseite und sagt zu Brunner: »Herr Brunner, wir werden das noch heute Abend senden. Schneiden brauchen wir nichts, soweit ich das sehe. War doch ganz gut, nicht?«

Brunner schwankt zwischen Erleichterung und auch ein wenig Stolz ob seines ersten Fernsehauftritts und dem unbestimmten Verdacht, er könnte die Interessen aller beteiligten Seiten vielleicht doch nicht ausgewogen genug berücksichtigt haben:

»Wenn man ein reines Gewissen hat und ehrlich ist, kann man nicht schlecht sein.«

Die Mundwinkel der Journalistin zucken kurz, bevor sie sich und ihr Kameramann von Brunner verabschieden. Als sich die Tür hinter den Fernsehleuten schließt, zieht Brunner sein Sakko aus, die Achselstellen sind schweißgetränkt.

Miesbacher Kurier, 28. Mai:

Auch Neuhauser Bürgermeister schließt Mafia-Kontakte nicht aus!

In seinem gestrigen Interview mit TV-bavaria nahm Bürgermeister Brunner erstmals offiziell Stellung zu den vermuteten Mafia-Kontakten der Grabenthalers. Er schloss weder eine Verflechtung der Sebaku-Bau, noch verschiedener Politiker im Landrat direkt aus. Die örtliche Polizei ermittle bereits, von der Einschaltung des Landeskriminalamts und der Staatsanwaltschaft sehe man jedoch vorerst noch ab.

Die Neuhauser Polizei hat die Pistolenkugel, mit der der Dackel erschossen worden ist, zur Analyse sichergestellt und nimmt derzeit das private und geschäftliche Umfeld der Grabenthalers unter die Lupe. Bislang kam es weder zu Festnahmen, noch zur Beschlagnahmung von Firmenunterlagen. Ob die Ermittlungen auch in Richtung Landratsmitglieder und Parteivertreter ausgeweitet werden, hängt von den Ermittlungsergebnissen ab und wird generell nicht ausgeschlossen.

»Rückhaltlose Aufklärung« forderte Bürgermeister Brunner in seinem Fernseh-Interview und kündigte »härteste Konsequenzen« an für den Fall, sich die Indizien zu einer eindeutigen Beweislage verdichten sollten. Es bleibt für unser aller Rechtsstaat zu hoffen, dass diese vollmundigen Ankündigungen nicht im Dickicht der persönlichen und parteipolitischen Rücksichtnahmen aufweichen.

Geschäftiges Treiben in der Fußgängerzone in Neuhaus am Samstagvormittag. Zwischen den Flanierern und Einkäufern zwei ungewohnt bepackte Gestalten: ein Kameramann und eine junge Frau mit Mikrofon, die beginnt, in lockerer Folge Neuhauser Bürger anzusprechen. Nachdem sie sich ein paar herausgepickt hat, geht sie ein Stück weiter und entdeckt den Stand einer Bürgerinitiative. Über dem Stand prangt ein Transparent aus zusammengenähten Bettlaken mit dem handgeschriebenen Slogan ‚MARIO DARF NICHT BRENNEN!‘. Vor den Schriftzug wurde mit ungelenken Strichen ein Dackel gemalt und an seinem Ende ein großer braunmelierter Klecks, offenbar einen Scheiterhaufen darstellend, denn das undefinierbare Gebilde ist von einer knallroten Flamme gekrönt.

Eine Zeile drunter steht in kleineren Lettern zu lesen: ‚Marmor for Mario‘.

Rasch winkt die Journalistin ihren Kameramann herbei, der eine Totale von dem Stand und sodann einen Nahschwenk von den vier Leuten hinter dem Standtisch dreht, darunter die Altwirtin Ferstl, die ihre Flugblätter an die Passanten verteilen. Auf dem Standtisch liegen Unterschriftslisten, die mit handbemalten Steinen beschwert sind und eine ausladende, irdene Salatschüssel mit nettem bäuerlichem Blumenmotiv für Spendengelder.

Als die Altwirtin Ferstl die beiden Fernsehleute bemerkt, reckt sie sofort ihre Ellbogen nach außen, um ihre Mitstreiter auf Distanz und sich selbst als Hauptdarstellerin ins Bild zu bringen. Sie hebt eines der Flugblätter in die Kamera. Als ihr die Journalistin das Mikrofon hinhält, kommt die nicht mehr dazu, ihre Frage zu stellen, denn aus der Ferstl sprudelt es unaufgefordert hervor:

»Jaa, das Fernsehen! Das brauchn mir! D' Leut draußen sollen sehn, dass mir ned die depperten Bierdimpfln sind, als die mir immer hingstellt werdn. Mir angaschiern uns auch politisch, wenn's um was geht…!«

Von der Seite drängt sich ein fülliges, männliches Gesicht neben die Ferstl ins Bild und ruft mit erhobener Faust: »Jaaa, weil da Mario darf ned einfach vabrennt werdn, der kriegt a Denkmal! Außerdem mach ma eine Petion an den Bürgermeister!«

Altwirtin Ferstl schubst den Vorlauten wenig sanft zur Seite. In die freiwerdende Lücke reckt sich im Hintergrund die akkurate Fönfrisur einer jüngeren adretten Dame. Sie versucht, das Anliegen der Initiative etwas geordneter zu erläutern. Sie bemüht sich um eine gepflegte Ausdrucksweise, der Wichtigkeit, dass die Medien auf die Bürgerbewegung aufmerksam geworden sind, bewusst:

»Mein Vorredner meinte »Petition«. Wir sind der Meinung, dass der Mario als unschuldiges Opfer dunkler Machenschaften ein besseres Ende verdient hat als im Krematorium des Tierheims im Flammenmeer der Vergessenheit….«

Altwirtin Ferstl verdreht die Augen und nimmt das Zepter wieder in die Hand:

»Da Mario soll ausgstopft werdn und ein Denkmal aus Marmor kriegn vorm Rathaus. Wenn d' Menschen Blödsinn machen und ein unschuldigs Zamperl drunter leidet, is ma dem Viecherl was schuldig.«

Die Journalistin zieht ihr Mikrofon zu sich und kommt erstmals zum Sprechen:

»Wieviele Unterschriften haben Sie denn schon?«

»Da schaugn S' selbst: bestimmt scho hundert oder auch mehr. Und a bisserl a Geld haben mir auch schon beinand für des Denkmal.« Die Ferstl deutet auf die Salatschüssel, in der sich außer einer Anzahl Münzen tatsächlich eine erkleckliche Zahl an Geldscheinen schichtet.

»Aber der Mario ist ja nur ein Teil der Geschichte. Was halten Sie denn von der Geschichte mit den Grabenthalers und der Mafia?« fragt die Journalistin und richtet ihr Mikrofon zu den Standleuten. Die schauen sich etwas verunsichert an. Die Dame mit der Fönfrisur drängt sich neben die Ferstl, die in diesem speziellen Fall gerne etwas beiseite tritt.

»Wissen Sie, mir kleinen Leut haben ja keine Ahnung, was bei den Geldigen alles passiert. Da blicken mir ja überhaupt ned durch. Glauben Sie, dass die alle mit saubre Mittel zu ihrm Geld kommen sind?«

Zustimmendes Nicken von den Initiativlern.

»Und wenn die dann für uns Kleine was tun, dann nehmen wir des ja auch gern, oder? Da fragen ma ja auch ned so genau, wo jetzt des Geld herkommt.«

Alle am Stand sind sich einig. Das füllige Männergesicht schiebt sich erneut ins Bild und schmettert mit Inbrunst:

»Genau! Und der Mario is nämlich .... war nämlich ein stadtbekanntes Zamperl. Hoch soll er leben!« Er hebt zur Bekräftigung wieder seine Hand hoch, diesmal die andere mit dem Bierglas.

Miesbacher Kurier, 1. Juni, Auszug aus dem Leitartikel:

...Nun also soll Mario von der Greifenlohe, treuer Begleiter der Familie Grabenthaler, hochgeschätzter Entertainer des Neuhauser Gesellschaftszirkusses und zeitweise unfreiwilliges (und noch dazu verschmähtes) Nahrungsergänzungsmittel der Schlierseeer Fischpopulation ein Denkmal erhalten! Das hätten andere Protagonisten in der Betondackel-Affäre wahrlich mehr verdient. Wobei Beton als treffendes Symbol für die Denkweise gelten kann, mit welcher der Mensch gemeinhin ungewöhnliche Vorkommnisse aufarbeitet, die seine oberflächlich glattgeölte Sicht der Dinge ins Wanken bringt. Summa summarum ist er stets dankbar, wenn ihm von allen Seiten seine ansonsten im Verlies des Verbotenen lauernden Vorurteile bestätigt zu werden scheinen. Dann darf er sich endlich einmal unverhohlen aalen in dem, was er »immer schon gewusst« hat, in der beruhigenden, weil nun öffentlichen und damit sanktionierten Einbahnstraße seiner tiefsitzenden Ängste und Neidgefühle.

Festgemauert in der Erden – unser aller Vorurteile und Sensationsgier und nun auch der Dackel Mario. Es ist der Bürgerinitiative in Neuhaus zu verdanken, dass das Denkmal mit freiwilligen Gaben der Bürger finanziert werden soll und die Steuerzahler nicht qua Beschluss von höherer Stelle dazu verdonnert werden. Die haben schon weit fragwürdigere Monumente der Kunst ungefragt finanziert, die nicht nur in Neuhaus eher im Wege stehen, als dass sie Stolz oder Begeisterung bei den Bürgern hervorrufen. Auch unter kunsthandwerklichen Gesichtspunkten ist die Denkmal-Idee von

Vor dem Polizeirevier in Neuhaus bleiben immer mehr Menschen stehen, als sie den Übertragungswagen des überregionalen Südfunks Bavaria bemerken und das Treiben der Fernsehleute. Zwei von ihnen betreten gerade das Revier, die tuschelnde Menschentraube schließt sich enger um den Eingang.

Drinnen hat sich Gerstmayr in voller Uniform hinter dem Tresen postiert, bereit zur vereinbarten Audienz mit der Fernsehpresse. Kollege Weimann sitzt an seinem Schreibtisch, auf Bitten von Gerstmayr ebenfalls in kompletter Uniform und mustert die hereinkommenden Fernsehmenschen skeptisch.

Ihm behagt der ganze Trubel nicht, denn ihm ist klar, dass sich sein ehrgeiziger Kollege viel zu weit aus dem Fenster gelehnt und er als Kollege und eigentlich sein Vorgesetzter nicht rechtzeitig die Bremse gezogen hat. Er schwankt zwischen kollegialer Unterstützungspflicht und der Sorge um die Konsequenzen auch für ihn, wenn der Gruppenleiter nach seiner Rückkehr aus dem Urlaub von der Aktion erfährt. Gedanken an Sippenhaft, Strafversetzung, entehrendes Herunterreißen seiner Schulterklappen schwirren in seinem Hirn durcheinander. Dabei wollte er hier in Neuhaus, in dieser kleinen Revierklitsche, die so angenehm ruhig und unfordernd war, alt werden.

Die Fernsehleute postieren sich vor dem Tresen, bringen die Kamera in Stellung und der Journalist gibt Gerstmayr noch ein paar hilfreiche Tipps:

»Schauen Sie möglichst abwechselnd in die Kamera und auf mich, das bringt das Gefühl von echtem Dialog gut rüber. Reden Sie ruhig ein wenig bayerisch, das ist authentisch. Und ganz ruhig, das ist alles wie eine normale Unterhaltung.«

Gerstmayr nickt kurz und wortlos. Auf ein fragendes Zeichen des Journalisten hin nickt er noch mal und dieser beginnt, zunächst in die Kamera gewandt:

»Wir befinden uns im Polizeirevier in Neuhaus. Polizeiobermeister Gerstmayr wird uns über die neuesten Ermittlungsergebnisse in der Betondackel-Affäre informieren.« Er wendet sich Gerstmayr zu: »Herr Gerstmayr, mittlerweile nimmt auch die Polizei die Sache ernst und hat sich eingeschalten. Wie ist der Stand der Ermittlungen?«

Gerstmayr schaut mit festem Blick in die Kamera: »Natürlich kann ich vor Abschluss der Ermittlungen keine konkreten Informationen gebn. Damit würd ich ja de Täter in d' Händ arbeitn. Aber die Verdachtsmomente verdichten sich, soviel kann ich sagn. Dass das organisierte Verbrechen auch bei uns scho lang tätig ist, wird ja leider immer noch gleugnet.«

Der Journalist weiter:

»Ermitteln Sie nur im geschäftlichen und privaten Umfeld der Grabenthalers oder auch in Richtung Landratsmitglieder?«

Gerstmayr antwortet ruhig und professionell, als wären Pressekonferenzen sein täglich Brot:

»Zur Zeit nur im Umfeld der Familie und der Firma Grabenthaler, denn deren Beziehungen zu Italien sind klar erwiesen und der Spur wird natürlich nachgangen.« Er zieht die Augenbrauen unmerklich hoch und fügt wissend an: »Aber es würd mich nicht wundern, wenn auch noch andere Kreise beteiligt sind. Zu gegebener Zeit werden wir auch hier recherchieren.«

»Wer ist ‚wir‘«? Arbeiten Sie mit dem Landeskriminalamt und der Staatsanwaltschaft zusammen?«

Gerstmayr zögert etwas mit seiner Antwort: »Nein, bislang noch nicht. Mein Kollege, der Herr Weimann...«, er dreht sich halb zu diesem um und deutet auf ihn. Weimann nickt kurz und wortlos in die Kamera und lässt seinen Blick gleich danach über den Fußboden streifen. Gerstmayr, der Kamera wieder zugewandt, fährt fort:

»...und ich haben uns der Sach ganz aus eignem Antrieb angnommen, weil wir der Meinung sind, dass hier was getan werdn muss. Wir wehren uns dagegen, dass das Ganze unter den Teppich gekehrt werdn soll. Auch in einem kleinen Revier wie dem unsrigen gibt es nämlich äußerst fähige Beamte.«

Weimann starrt seinem Kollegen in entsetzter Ungläubigkeit in den Rücken. Gerade will Gerstmayr noch ein paar Sätze zu den Fähigkeiten provinzieller Polizeibeamter loswerden, als der Journalist das Interview mit einem Dank beendet. Die Fernsehleute marschieren wieder hinaus, Gerstmayr schnauft durch und dreht sich zu seinem Kollegen um:

»Na, Flori, was sagst du? War doch ganz gut, oder? I war überhaupts ned nervös.«

Weimann kann sich nur mit Mühe beherrschen und faucht ihn an:

»Bist du damisch wordn? Wie kannst du sagn, dass wir die Ermittlungen aufgnommen haben? I hab damit nix zu tun und will auch nix damit zu tun haben! Den ganzen Krampf kannst allein ausbadn!«

Gerstmayr hat sich an seinen Schreibtisch gesetzt und mustert Weimann überrascht und skeptisch. Er winkt ab und meint beschwichtigend:

»Was hast denn? Hast Schiss? Es is doch nix passiert. Ich hab ned gelogn und mich vorsichtig ausdruckt. Des is der Fall unseres Lebens, da machen mir Geschichte!«

Sein Kollege steht so energisch auf, dass sein Stuhl an die dahinterstehende Regalwand rumpelt.

»I glaub eher, Du hast zviel Sherlock Holmes glesen. I bin offiziell die Vorgsetzter und verantwortlich für des, was da herin passiert. Wenn da Gruppenleiter wieder da is, dann könn ma uns gleich alle zwei arbeitslos meldn!«

Der Polizeihauptmeister hebt die Holzschranke der Reviertheke, passiert sie und lässt sie herunterkrachen. Dann poltert er weiter:

»Ermittlungen, Ballistiker, Gutachten, Fernsehinterview – wegn einem totn Hund! Und i Depp hab di auch noch machen lassn!«

Weimann stapft wütend zum Revier hinaus, die Tür fällt scheppernd zu. Gerstmayr bleibt verwundert zurück, schenkt sich einen Kaffee ein und träumt von der ihm in Bälde verliehenen Auszeichnung für beispielhafte Eigeninitiative im Dienst.

Auszug aus dem Miesbacher Kurier, 5. Juni:
Überraschende Wende im Fall ‚Mafia-Dackel'!

Der mysteriöse Tod des Grabenthaler-Dackels Mario ist aufgeklärt. Ein anonymer Bekennerbrief an den M.K. beendet sämtliche Spekulationen um mögliche Verflechtungen der Firma Grabenthaler mit dem organisierten Verbrechen. Hier der leicht gekürzte Brieftext:

»... haben im September letztes Jahr einen Gartenpavillon bei den Grabenthalers gebaut. Dafür brauchten wir einen Betonsockel. Wir haben mittags den Sockel gegossen mit einem Schnellbinder und machten dann Brotzeit. In der Zeit, wir bekamen das nicht mit, ist der Hund in den schnell hart werdenden Beton gelaufen. Als der Hund furchtbar gejault und gebellt hat, sind wir zur Baustelle gerannt, aber da war der Hund schon beinhart einbetoniert. Wir haben den Hund dann mit einem Kopfschuss erlöst. Was hätten wir sonst tun sollen? Wir hatten Angst, entlassen zu werden wegen dem Unglück, haben den Hund ausgeschnitten und ins Auto gelegt. Dann haben wir den Sockel ausgebessert und weitergebaut. Nach Feierabend sind wir dann raus auf den See und haben den Hund ins Wasser geschmissen...«

Um welche zwei Mitarbeiter der Sebaku-Bau es sich handelt, dürfte schnell zu recherchieren sein und das von ihnen befürchtete Schicksal wird sie nun vermutlich doch noch ereilen. Es ist ihnen jedoch zugute zu halten, dass sie mit ihrem mutigen Schritt dem mittlerweile bedrohlichen Ausmaß der Verdächtigungen hinsichtlich eventueller Mafia-Kontakte der Grabenthalers ein für allemal den Boden entzogen haben, auch wenn dies manch Sensationshungriger bedauern mag...«

Bürgermeister Brunner sitzt in seinem Neuhauser Amtszimmer am Schreibtisch, einsam, aber mitnichten allein: eine Handvoll Journalisten der schreibenden Zunft hat sich versammelt und erwartet nun ein Statement zu der überraschenden Wendung in der Affäre Schlierseer Betondackel. Brunner schwitzt diesmal auch ohne Sakko:

»Nun, meine Damen und Herren von der Presse. Seien wir doch ehrlich: Kein Mensch hat allen Ernstes geglaubt, dass die Mafia die Hände im Spiel gehabt hat. Das wurde von den Medien hochgeschaukelt. Das kennen wir doch.«

Ein Journalist hebt die Hand: »In letzter Konsequenz vielleicht. Aber die Berichterstattung stützte sich nicht zuletzt auf Ihr Fernsehinterview.«

Brunner faltet die Hände ineinander und lässt sie, die Bedachtsamkeit des reiferen Alters ausstrahlend, auf seinem Schreibtisch ruhen, als er fortfährt:

»In meinem Interview damals habe ich zur Besonnenheit aufgerufen, auf beiden Seiten. In meiner Funktion als gewählter Volksvertreter ist es meine Pflicht den Bürgern gegenüber, jeden Verdacht zunächst einmal ernstzunehmen und alles zu tun, um ihn auszulöschen. Gerade die Honoratioren in unserer Gemeinde haben ja eine besondere Verantwortung für das Gemeinwohl, und da haben die Bürger das Recht, dass der kleinsten Ungereimtheit nachgegangen wird.«

Ein anderer Journalist fragt: »Nachdem Sie sich aber seinerzeit nicht klar und deutlich von den Vorwürfen distanziert haben, suggerierten Sie, dass es immerhin möglich sein könnte....«

Brunner fährt dazwischen:

»Möglich sein kann immer alles. Im Nachhinein ist es immer einfach, zu sagen: Ihr hättet schärfer vorgehen müssen oder umgekehrt: das war doch alles nicht nötig. Es sind in diesem speziellen Fall hier halt auch ein paar Polizeibeamte übers Ziel hinausgeschossen, die aber die Konsequenzen ihres übereilten Tuns tragen werden; das kann ich Ihnen hier und jetzt versprechen.«

Die Journalisten verabschieden sich ziemlich bald. Brunner bleibt allein in seinem weitläufigen Amtszimmer zurück und lässt seine Blicke durch den Raum schweifen: Im Geiste dankt er den Bauarbeitern für ihren Bekennerbrief, denn ohne ihn hätten die Ermittlungen weitere Kreise gezogen. Möglicherweise bis hin zur Aufdeckung seines Deals mit den Grabenthalers wegen des Gerstmayr-Grundstücks und der unter der Hand abgesprochener Umwidmung in Bauland.

Im Polizeirevier Neuhaus hat der aus dem Urlaub zurückgekehrte Gruppenleiter den Polizeibeamten Gerstmayr und Weimann gerade eine kräftige Standpauke gehalten. Harte Worte von grenzenloser Dummheit, Profilneurose und übersteigertem Geltungsdrang donnerten durch das Revier. Nun sitzt er in seinem Büro und trägt in die Personalakten seiner Untergebenen einen disziplinarischen Vermerk ein. Die beiden Polizistenkarrieren, besonders diejenige des eifrigen Gerstmayr, werden durch das drohende Disziplinarverfahren erheblich ins Stocken geraten.

Die beiden Gemaßregelten sitzen währenddessen stumm an ihren Schreibtischen. Ab und an wirft Weimann seinem Gegenüber Gerstmayr einen giftigen Blick zu: Seine Horrorvisionen von heruntergerissenen Schulterklappen waren nicht gänzlich abwegig. Papiere rascheln, Ordner stehen oder liegen offen auf beiden Schreibtischen, ab und an ist das Klacken von metallenen Ordnermechaniken zu hören. Die beiden Beamten wurden vorerst mit innerorganisatorischen Aufgaben betraut und verleihen der vormals locker gehandhabten Ablage nun die vorgeschriebene beamtische Akkuratesse.

Aktentasche, Schlüssel, Handy – Kurt Grabenthaler hat alles beisammen und ist bereit für seinen Weg ins Büro. Er öffnet die Haustüre und zieht im nächsten Moment sein bereits zum Schritt gehobenes Bein zurück. Aus den Augenwinkeln hat er ein Hindernis auf dem Fußabstreifer wahrgenommen: ein Körbchen, aus dem ein mit blauem Seidenband angebundener Dackelwelpe zu ihm hochfiept und bei Grabenthalers Anblick schwänzelt, fast, als grinse das Hundekind Grabenthaler an. Beim zweiten Blick entdeckt Grabenthaler eine Flasche Enzian in dem Körbchen.

Er legt seine Utensilien auf der Flurkommode ab und nimmt den Welpen auf den Arm, streichelt ihn und flüstert:

»Ja, wo kommst du denn her? So ein Guuuter.«

Grabenthaler fischt mit seiner freien Hand in seiner Manteltasche nach dem Handy und wählt die Nummer seines Büros: Er wird heute nicht kommen und die Personalakten der beiden Pavillonbauer könnten wieder in die Ablage.

Für den Todesschützen hat die Angelegenheit dennoch Folgen: Gegen ihn wird wegen unerlaubter Benutzung seiner Waffe außerhalb des Gelände des Schützenvereins ein Strafverfahren eingeleitet und eine Geldbuße verhängt.

Die Sporttaucher erhalten währenddessen blaue Post vom Landratsamt Miesbach. Bußgeldbescheide hinsichtlich einer Ordnungswidrigkeit wegen Verstoßes gegen die Allgemeine Verfügung für das Tauchen im Schliersee und Tegernsee. Überdies hätten sie die Totenruhe gestört.

Seit ein paar Tagen hat zumindest einer für alle Zeiten den Überblick über Neuhaus: der Schlierseer Betondackel, in Marmor vor dem Polizeirevier thronend - mit original Betonblock. Auf den ist in Goldlettern eingraviert: »Mario von der Greifenlohe: die Wege eines Dackels sind unergründlich – die der Menschen nicht.

Halfing sucht den Superstar

Die Bäuerin Brigitte Kernberger deckt gerade den Tisch zum Abendessen; die Tochter Marietta trägt die Suppenterrine an den Esstisch in der Wohnstube. Sie steht kurz vor dem Abitur und dass sie es mit Bravour meistern wird, steht außer Frage. Vater Josef Kernberger hat sich im Flur die Gummistiefel ausgezogen und wäscht sich noch schnell die Hände in der Küche, bevor er sich an den Tisch setzt. Er schnüffelt in Richtung Suppenterrine und leckt sich mit der Zunge über die Lippen: Seine Kennernüstern haben den Duft aus der Terrine zutreffend identifiziert: Leberknödelsuppe. Der zumindest offizielle Familienvorstand Josef Kernberger hat mit den beruflichen Plänen seiner einzigen Tochter gewisse Schwierigkeiten. Auch wenn er durchaus kein beschränkter Ackerfurchenkopf ist, so gehen seine Planungen eher in Richtung Erhaltung des ältesten Bauernbetriebs in der Gegend. Abitur kann nicht schaden, aber muss es danach unbedingt die Modeschule in München sein?

Als alle am Tisch sitzen, macht sich Josef Kernberger an das Verteilen der Suppe. Ihm entgehen die aufgeregten Blicke nicht, die sich die beiden Frauen ständig zuwerfen. Er nimmt seinen Löffel in die Hand und schaut von einer zur anderen:

»Was ist denn los mit euch? Is eine schwanger?«

Marietta nimmt hastig ein paar Löffel Suppe und rattert dann los:

»Hast de Plakate ned gsehn in Halfing?«

Der Mittvierziger Josef Kernberger schüttelt wortlos den Kopf.

»Die wegen dem Casting! Papa! Die pappen doch überall!« Marietta klingt fast verzweifelt. »In zwei Wochen. Ein Regisseur sucht noch zwei Nebendarsteller für seinen neuen Film!«

Vater Kernbergers Interesse gilt eindeutig dem kapitalen Leberknödel, an den er sich gerade heranmacht. Der Zeitpunkt für aufregende Neuigkeiten ist generell schlecht gewählt, wenn Kernberger beim Essen sitzt - da will er seine Ruhe. Aber in diesem lebensentscheidenden Fall setzen die beiden Frauen das ungeschriebene Gesetz außer Kraft.

Mutter Kernberger steht auf und holt den Chiemgauer Boten. Die Seite mit der Casting-Anzeige ist bereits aufgeschlagen und landet vor Josef Kernbergers Teller: »Der bekannte Halfinger Regisseur Johannes Kisterer sucht zwei junge Laiendarsteller für seinen neuen Heimatfilm. Großes Casting am Samstag, den 4. Mai ab elf Uhr im Halfinger Hof«.

Bei dem Namen ‚Johannes Kisterer‘ verschluckt sich Kernberger, wirft seinen Löffel in den Teller und hustet einen Rest Suppe auf die Zeitung.

»Was! Der? Der verarscht euch doch!«

Brigitte Kernberger verdreht die Augen und versucht, zu beruhigen:

»Was kann der Hannes dafür, dass ihr alle mitnander solchene Betonköpf seid? Bloß weil er anders is! Der hat seinen Weg gmacht und auf des kommt es an.« Die Frau des Hauses redet sich in Rage: »Lange Haar und mehr Interesse an einer

Filmkamera als an einem Kuheuter is kein Grund, jemand fertigzumachen«.

Josef Kernberger hat sich mit verschränkten Armen zurückgelehnt, Abwehr in Reinform:

»Des war auch ned der Grund, des weißt du genau. Es war sei sogenannter sozialkritischer Film über des uneheliche Kind von da Sch...«

Er wird von Mutter Kernberger harsch unterbrochen:

»Genau! Er hat de Verlogenheit aufdeckt mit seinem Amateurfilm. Und recht hat er ghabt!«

»Des mog scho sei, aber mei Tochter laß i ned zu dem ... zu dem...«

Marietta sieht ihre Chance davonschwimmen:

»Pappa! Der Kisterer is doch ned irgendein Regisseur! Der is jemand in der Branche. Und Ihr könnt doch mitgehen. Dann kann mir doch nix passieren.« Nach einer Pause: »Außerdem bin i volljährig...«

Die Mutter schiebt nach:

»Erstens des und zweitens is d' Marietta koa dummes Hascherl.«

Die drei löffeln wortlos ihre Suppenteller leer und als der offizielle Herr des Hauses fragt: »Was gibt es noch zu essen?«, nicken sich die zwei Frauen wissend zu: Wenn der Pappa Kernberger nach Essen fragt, ist die Sache halb durch.

Marietta räumt die Teller weg, Mutter Kernberger steht auf, um das gebratene Wammerl aus der Küche zu holen, als alle drei ein metallenes Scheppern vor dem Haus hören. Brigitte Kernberger lauscht nach draußen und meint lapidar:

»Da Ferdl! I hab vergessen, d' Gießkanne ins Haus zu stelln«. Aus der Küche rufend, meint sie:

»De hol i mir halt morgen Vormittag, bevor er sie eingegraben hat«.

Draußen, in der Abenddämmerung, hat Ferdinand Schloher die Kernbergersche Gießkanne in seinen Leiterwagen geworfen - zu zwei anderen, die er heute schon gesammelt hat. Ein erfolgreicher Tag! Ferdinand geht nur mit Leiterwagen, denn er hat einen Aufräumtick: Jeden Tag ist er stundenlang in Halfing und Umgegend unterwegs, räumt alles scheinbar herrenlos Herumstehende in seinen Leiterwagen und vergräbt es dann im Wald hinter der Schreinerei seiner Eltern am Ortsrand von Halfing. Und er geht nie ohne sein ledernes, geflochtenes Stirnband, in das er wichtige Utensilien steckt wie Hausschlüssel, Bleistift und Schraubenzieher.

Der dreiundzwanzigjährige, schlaksige Ferdinand ist geistig beeinträchtigt, aber durchaus nicht unansprechbar; er hat halt seine eigene Logik. Ferdinand ist der ‚Dorfdepp‘: Es gibt ihn, niemand nimmt ihn ernst, niemand will ihm Böses, er gehört irgendwie dazu.

Die Schlohers leben eher zurückgezogen; sie betreiben eine Schreinerei am Rand von Halfing und nicht nur Kernbergers sitzen auf handgeschnitzten Eckbänken und an gedrechselten Massivholztischen der Schreinerei Schloher. Sie ist im Umkreis bekannt für Qualitätsarbeit - Segen und Fluch zugleich für den kleinen Betrieb, denn wer ein Möbel von Schloher besitzt, hat es nicht nur bis an sein *eigenes* Lebensende.

Der kleine Wald hinter der Schreinerei birgt unter kühler Waldeserde viele vergrabene Schätze aus Ferdinands Sammeltouren. Und sollten dereinst Archäologen die Kultur der Chiemgauer Eingeborenen erforschen, wartet ein interessantes Ausgrabungsfeld auf sie.

Ferdinand schlichtet seine Beute im Leiterwagen zurecht und zieht weiter nach Hause. Heute wird er sie wohl nicht mehr in seinem ‚Waldmuseum‘, wie er den Wald nennt, vergraben, erst morgen gegen Mittag. Sein Vater Walter Schloher kennt das: Vor allem vormittags ist seine Schreinerei oft gut frequentiert; aber nicht von potentiellen Kunden, sondern von Ferdinands Opfern. Sie grüßen kurz und gehen dann weiter in Richtung Ferdinands Holzgefährt, um ihrer entwendeten Gegenstände wieder habhaft zu werden, bevor sie im Wald hinter dem Haus verschwinden. Ferdinand bemerkt meist nicht, wenn ein paar Beutestücke in seinem Leiterwagen fehlen; in seiner inneren Welt gibt es kein Gestern und Morgen.

Früher machten sich ein paar ‚Kunden‘ Ferdinands die Mühe, nach verpasstem Abholtermin mit der Schaufel in den Wald zu gehen. Heute nicht mehr. Die einen wurden von Ferdinand entdeckt, der sich sogleich auf den Boden warf und derart hysterisch schrie, dass man es bis in Halfinger Rathaus hörte und die anderen gaben nach einer Stunde schweißtreibender vergeblicher Grabungsarbeit entnervt auf.

Ferdinand sieht schon die Lichter im Haus seiner Eltern; er hat Hunger und sowohl die Fransen an seiner speckigen Trapper-Lederjacke als auch seine schulterlangen Haare schwingen im Takt seiner schneller werdenden Schritte mit. Zu Hause angekommen, schiebt Ferdinand seinen Leiterwagen hinters Haus, besieht sich nochmals zufrieden seine Schätze und macht sich auf den Weg ins Wohnhaus. Unter dem Arm trägt er ein eingerolltes Plakat als Wandschmuck für sein Zimmer; das bunt bedruckte Kunstwerk hat er neben einem Stromkasten gefunden.

Kaum hat Ferdinand die Haustür zufallen lassen, kommt ihm seine Mutter Maria Schloher aus der Küche entgegen. Für die Mittvierzigerin ist die Behinderung Ferdinands kein Grund, ihn weniger zu lieben als seine beiden jüngeren Stiefgeschwister. Sie bedauert, dass die finanziellen Mittel gefehlt haben und immer noch fehlen, um Ferdinand in wirklich professionellen Einrichtungen optimal zu fördern. So musste es bei sechs Schuljahren in einer Sonderschule in Rosenheim verbleiben.

Ferdinand hat sich auf den kalten Steinboden des Flurs gesetzt und versucht ziemlich umständlich, seine klobigen Wanderstiefel von den Füßen zu bekommen. Seine Mutter hilft ihm. Ihr Blick fällt auf das eingerollte Plakat und sie fragt ihn interessiert:

»Hast wieder was Schönes für dein Zimmer gefunden?«

Während Maria Schloher die Schuhbänder löst, greift Ferdinand nach dem Plakat, rollt es auseinander und zeigt es stolz in voller Größe seiner Mutter. Er trommelt mehrmals auf die große, gelbe Überschrift und buchstabiert: »Ca - s - ting. Casting«.

Dann lacht er ein paar Mal freudig auf, den Sinn dieses Wortes nicht begreifend, aber begeistert von der gelben Schriftfarbe. Mutter Schloher hat nur kurz auf das Plakat geschaut und sodann ihrem Sohn wortlos die Stiefel ausgezogen. Sie stellt sie nachdenklich zur Seite, als Ferdinands fünfzehnjährige Schwester Irmi die Treppe herunterhopst; ihr Bruder hebt seine linke Hand und klatscht mit seiner Schwester ab. Irmi sieht das Casting-Plakat:

»Uih, Casting!« Sie liest ein paar Zeilen weiter und stupst ihre Mutter an: »Mutti, da will i hin!«

Mutter Schloher hilft Ferdinand hoch und wehrt ab: »Nix da! Du bist vui zu jung für so was. Außerdem is des bestimmt a recht halbscharige Sach.«

Irmi zieht einen Flunsch und motzt: »Mei! Nix darf i! Es langt doch scho, dass i ned a mal a Handy hab und mi ned schminken darf! Man muaß doch mithalten mit de anderen! Für die bin i eh scho ein Alien.«

Auf dem Weg in die Küche beendet Mutter Schloher die Diskussion: »Nein, Irmi. Und scho gar ned, solang deine Noten im Keller liegn«.

Die enttäuschte Irmi setzt sich wortlos an den Esstisch und verzieht das Gesicht. Der Satz mit ihren schlechten Schulnoten ist schon seit längerem Standardargument, wenn es um die Ablehnung von Extras geht. Ihr zehnjähriger Bruder Benjamin, Klassenbester, sitzt ihr gegenüber. Er hat den Diskurs im Flur mitbekommen und äfft die Mutter nach:

»Solang deine Noten im Keller liegen...«

Irmi streckt ihrem Bruder die Zunge raus und zischt: »Streberbatzen«.

Auch Ferdinand setzt sich zu der restlichen Familie an den Tisch, unbeeindruckt von der Kabbelei seiner Geschwister, und hält Mutter Schloher ungeduldig seinen Teller hin. Er hat einen gesegneten Appetit; die respektablen Portionen, die er für gewöhnlich verdrückt, scheint sein Körper nicht zu verdauen, sondern zu verdampfen. Ferdinand schaufelt die Suppe in sich hinein, sein Schlürfen wird nur ab und zu unterbrochen von dem Wort »Ca-sting«.

Am nächsten Vormittag, es ist ein Samstag, drängeln sich in der Metzgerei Weininger im Zentrum Halfings die Kunden. Vorbestellte Schweinshaxn und kapitale Bratenstücke für die wochenendliche Verpflegung menschlicher und Schlachtabfälle für die Füllung hofhundlicher Mägen wandern im Minutentakt über den Verkaufstresen.

Die Metzgersleute Sebastian und Helga Weininger haben alle Hände voll zu tun, aber kein wartender Kunde murrt, weil er nicht schnell genug an die Reihe kommt. Man plauscht halt derweil ein bisschen, Stoff zum Tratschen findet sich immer und seit Bekanntwerden des Castingtermins sowieso:kontroversen Meinungen:

»Mei, da Hannes, da Kisterer! Der hat's gschafft! Und jetzt dürfen vo uns Halfinger welche in seinem neuen Film mitspielen.«

»Er hod seine Wurzeln ned vergessen! Des muaß ma ihm hoch anrechnen.«

»Genau! Wenn man da andere sigt, de Erfolg haben: De werdn ja so was von überheblich!«

Fans und Gegner des Regisseurs Johannes Kisterer gruppieren sich wie auf ein unsichtbares Zeichen in zwei getrennte Warteschlangen:

»Was! Der Nestbeschmutzer, der unappetitliche?«

»Genau! Kriegt selber keinen hoch und wuzelt se unter de Bettdecke vo andere!«

»Der soll lieber schaun, dass er seine Hormone unter Kontrolle bringt!«

Der Metzgerssohn Gerhard Weininger bringt einen neuen Stapel Schweinekoteletts aus der Küche und schlichtet sie in die Auslage. Weininger junior ist vierundzwanzig Jahre alt und der ganze Stolz seiner Eltern: Er baut gerade eine Filiale im Nachbarort auf und hat noch weitergehende Pläne für den Aufbau des Weininger-Konzerns. Gerhard ist ein semmelblonder Schönling Marke ‚bayerischer Siegfried‘ und damit der Schwarm fast der gesamten jüngeren Weiblichkeit in Halfing. Aber keine noch so verführerische Dorfschönheit hat bislang bei ihm landen können. Das kommt vielen seltsam vor; eine offen geäußerte Erklärung geht in Richtung Arbeitsüberlastung, eine hinter vorgehaltener Hand geäußerte in eine ganz andere.

Dass der Halfinger Schönling und ambitionierte Jungunternehmer an dem Casting teilnehmen wird, steht für die Weiningers außer Frage. Wer sonst, als ihr Filius hätte denn sonst reelle Chancen auf die Filmrolle?

Der samstägliche Geschäftstag in Halfing geht seinem Ende zu. In der Bäckerei Bradl, unweit der Metzgerei Weininger, räumt die Bäckersfrau Roswitha die Theke leer und wirft übrig gebliebene Semmeln in einen Sack für das Knödelbrot am Montag. Sohn Stefan steht in der Backstube herum, mehr im Weg denn als Hilfe. Er hat eine Lehre als Kfz-Mechatroniker abgeschlossen, konnte in der Werkstatt aber nicht weiterarbeiten und repariert gelegentlich die Traktoren und Autos der Dörfler. Der Traum von der eigenen Werkstatt in Rosenheim ist bislang nicht an den fehlenden finanziellen Mitteln seiner Eltern gescheitert, sondern am mangelnden Ehrgeiz und der Behäbigkeit des Sprösslings.

In der Halfinger Jugendclique wird Stefan Bradl die ‚Zündkerze‘ genannt: eine ironische Anspielung auf seine gebremste Energieentfaltung. Während Roswitha Bradl die Backbleche abspült, hockt der Junior auf einem Schemel in einer Ecke und blättert gelangweilt im Chiemgauer Boten. Mutter Bradl wirft dem Sohn einen kurzen Blick zu und meint:

»Hast des glesn? Da Kisterer, a Regisseur aus dem Ort, sucht Laiendarsteller für seinen neuen Film; in zwei Wochen kummt er und sucht sich welche aus. Desweng haben wir an dem Samstag zu«. Seine Mutter trocknet sich die Hände ab und ergänzt gespielt beiläufig: »Da Gerhard vo de Weiningers macht auch mit«.

Sie beobachtet ihren Sohn, ob ihr letzter Satz bei ihm eine Regung in Richtung Rettung der Familienehre hervorgerufen hat. Die beiden Familien waren bis vor knapp einem Jahr noch gut befreundet. Die Bradls hatten sich auf die vollmundigen Versprechen von Metzgermeister Sebastian Weininger verlassen, im Gemeinderat ein gutes Wort für die Bradl-Bäckerei einzulegen, als es um einen Laden im neuen Einkaufscenter ging. Daraus wurde aber nichts; warum, war nicht zu ergründen. Die Bäckersleute vermuteten - nicht ganz zu Unrecht – Mauscheleien. Seither herrscht Krieg zwischen den beiden Familien.

Stefan schaut nur kurz auf und sagt zu seine Mutter: »Rumhupfen vor wildfremde Leut?« Nach einer Pause: »I mach mi doch ned zum Affen!«

Roswitha Bradl sieht sich einer längeren Überzeugungsarbeit gegenüber: »Des is a ernsthafte Sach; da Kisterer is ja ned irgendein herglaufener Filmdreher.« Sie schlägt einen bestimmenden Ton an: »Du gehst da hi! Was der schwule Streber vo Gerhard konn, des kannst du scho lang!«

Der Sohn des Hauses ist noch nicht ganz überzeugt: »Des is mir wurscht, wos da Gerhard macht, Mutti; außerdem is a ned schwul. Er hat halt keine Zeit für a Freundin.«

Mutter Bradl zieht wissend die Augenbrauen hoch und drängt weiter: »Mir haben dich nie zu was drängt, du hast immer alle Freiheiten ghabt. Aber jetzt, Stefan, kannst uns was zurückgebn. Bitte geh zu dem ... Dings ... Casting!«

Der Sohn des Hauses hadert in Blicken und Gesten, allesamt hilflos angesichts der mütterlichen Bitte. Schließlich lenkt er ein: »Also gut, i mach mit. Aber ausziehn tu i mi ned!«

Mutter Bradl beruhigt den Zögernden: »Des verlangt ja wohl auch keiner in einem Heimatfilm«.

Im Esszimmer der Rechtsanwälte Franz und Petra Lachmann sitzt man beim Nachmittagskaffee. Tochter Veronika stochert gedankenverloren in ihrem Apfelkuchen herum: Sie sieht sich schon beim Rezitieren von Passagen einer ihrer Heimatgeschichten, hört den begeisterten Applaus der

Castingleute und sieht ihren letzten Roman in den Bestsellerlisten. Veronika schreibt schon seit ihrem zwölften Lebensjahr kitschige, romantisierende Geschichten. Alle nach dem gleichen Muster: unstandesgemäße Liebelei zwischen armer Magd und Großbauernsohn, böser Altbauer, vermittelnde Großbäuerin, verzweifelter Selbstmordversuch am Rand einer alpinen Steilwand, Einsicht auf beiden Seiten und - Friede, Freude, Schweinebraten.

Die Stimme ihres Vaters reißt sie abrupt aus ihren Träumereien:

»Hallo! Hallo, Geierwally!«

Franz Lachmann weiß, dass seine Tochter auf diesen ‚Kosenamen‘ sofort anspringt, sie kann ihn nämlich nicht ausstehen. Die literarischen Ambitionen seiner Tochter nimmt er nicht wirklich ernst, tut sie als ‚gspinnert‘ ab. Er hatte für sein einziges Kind eine wesentlich ambitioniertere Berufsplanung im Auge gehabt als die der Friseuse. Aber er hat sehr bald einsehen müssen, dass seine Tochter weniger eine kühle Denkerin und Taktikerin ist, sondern eine sensible Künstlerseele.

»Was ist los mit dir? Sonst schiebst du dir doch mindestens drei Stück Kuchen rein.«

Veronika überhört die Anspielung auf ihre drallen Formen und springt ins kalte Wasser: »Ich geh fei zu dem Casting. Des is eine riesen Chance für mich, bekannt zu werden«.

Vater und Mutter Lachmann schauen sich wortlos an. Die Tochter gibt sich ungewohnt bestimmt, beinahe schnippisch: »Ja, da geh ich hin und trag Sachen aus meine Romane vor. So was haben die nämlich noch nie ghört«.

Der Vater meint lapidar: »Bestimmt ned. - Aber mal im Ernst: Deine Schreibereien als Hobby, des is ja in Ordnung. Aber meinst ned...«

Veronika beendet den Satz ein bisschen beleidigt: »... dass i mi blamier? I weiß schon, dass ihr meine Gschichtn für deppert haltet, aber viele große Schriftsteller haben klein angfangt und warn verkannt von alle Leut und dann sind sie trotzdem berühmt worden«.

Vater Lachmann ergänzt: »Aber meistens erst, nachdem sie tot waren.«

Die Mutter Petra Lachmann sieht das Ganze gelassener: »Dann gehst halt hin. Warum ned? Wenn Du Dir was davon versprichst.«

Mutter Lachmann sieht es im Gegensatz zum Vater nicht als gesellschaftlichen Abstieg, dass die Tochter ‚nur‘ fremder Leute Haare bearbeitet anstatt knifflige Rechtsfälle.

Veronika steht unvermittelt auf und meint:

»I schau noch, ob i an Ferdl find und bring ihm a Stückerl Kuchen, den mag er doch so gern.«

Mit einem kapitalen Stück Apfelkuchen auf einer Serviette verabschiedet sich Veronika vom Kaffeetisch und macht sich auf die Suche nach Ferdinand Schloher. Um diese Zeit müsste er mit seinem Leiterwagen noch auf Sammeltour sein.

Der Kleiderschrank kommt bei Marietta Kernberger eine Woche vor dem Casting nicht mehr zur Ruhe. Er ist zum Futteral der Verzweiflung und Unzulänglichkeit geworden: Es findet sich auf fünf laufenden Metern Garderobe nichts, aber auch gar nichts an geeignetem Tuch, das die Gewinnchancen beim Casting positiv beeinflussen könnte. Weder die vierzehn Dirndl, die zehn selbst geschneiderten Kleider, noch irgendeine Kombi aus gewagtem bis biederem Oberteil und ebensolcher hüftabwärtiger Ergänzung scheinen geeignet, zumindest die körperliche Erscheinung der eher mageren Marietta überzeugend rüberzubringen.

Mutter Kernberger versucht einmal mehr, ihre verzweifelt heulende, auf dem Bett sitzende Tochter zu beruhigen:

»Es kommt doch bei dem Casting nicht allein aufs Gwand an. Entscheidend is deine Persönlichkeit. Du muaßt irgendwie ... selbstverständlich ... als Du selber auftretn«.

Dieser Rat schrammt an der aufgelösten Tochter vorbei und verstärkt eher noch ihre Ratlosigkeit. Sie schaut ihre Mutter fragend an, die nachsetzt:

»Du bist a ganz gscheids Madl, hast Pläne, die ned jeder hat. Du bist einfach jemand. Du bist was Bsonderes«.

Marietta zieht ihren Verzweiflungsrotz noch einmal hoch und rappelt sich auf:

»Genau! I bin ned irgend jemand. I bin i.«

Mutter Kernberger ballt eine Faust: »Genau, so geht's!«

Ihre Anfeuerung kommt nicht von ungefähr: Sie setzt einige Hoffnungen in die Karriere ihrer Tochter, stellvertretend für ihre eigenen, gescheiterten Ambitionen. Bäuerin auf einem, wenn auch dem größten Hof im Chiemgau, wollte sie nie werden. Sie selbst hatte hochfliegende Studiumspläne, schaffte aber nicht einmal das Abitur.

Sie wirft einen letzten Rundumblick auf das textile Chaos auf dem Boden, stemmt die Arme in die Seiten und arbeitet ihre innere Checkliste durch:

»Wegen dem Gwand – wir haben ja noch a Woch; da finden mir schon was. Bis nächsten Samstag Vormittag muaß aber feststehn, wos du anziehst, weil davo hängt die neuer Haarschnitt und des Makeup ab. Des muaß alles zammpassen.«

Die Mutter geht aus dem Zimmer und Marietta zerklaubt einmal mehr den Kleiderstapel, der seit ein paar Tagen den Boden ihres Zimmers bedeckt. Wieder ohne Erfolg – aber es ist ja noch eine Woche Zeit bis zum Casting

Der Regisseur Johannes Kisterer brettert mit seinem alten MG über die Landstraße in Richtung Halfing. Hinter ihm ein Tross von Lieferwagen mit Ton- und Bildleuten und dem nötigen technischen Equipment für das in zwei Tagen anstehende Casting. Je näher Kisterer seinem Geburtsort kommt, desto langsamer fährt er. Für seinen neuen Film zwei Laiendarsteller in Halfing zu suchen, war die Marketingidee seiner Agentin nach dem Motto: Bekannter und gefeierter Regisseur hat seine Wurzeln nicht vergessen und gibt nun zurück, was ihm seine Heimat schenkte!

Der Mittfünfziger Kisterer hat sofort gegen diese Idee protestiert, ist aber auf verlorenem Posten gestanden angesichts dessen, dass es in den letzten drei, vier Jahren bedenklich ruhig um ihn geworden ist. Sein neuer Film braucht schlicht jede Publicity, die zu kriegen ist. Deshalb muss Kisterer ausnahmsweise beim Casting anwesend sein. Dem sozialkritischen Revoluzzergeist kommt das Kotzen bei der Vorstellung, das kleingeistige Halfing nach gut zwanzig Jahren nun doch wieder betreten zu müssen.

Er hat es ‚seinen‘ Halfingern nie verziehen, dass sie ihn nach seinem ersten, äußerst erfolgreichen Film über das Drama eines unehelichen Kindes und seiner Mutter im Ort hinausgeekelt haben. Es begann mit abfälligen Blicken auf ihn, wenn er durchs Dorf ging; mit Tuscheln, das sofort erstarb, wenn Kisterer in Hörweite war. Und es endete mit Kratzern und zerstochenen Reifen an seinem Wagen und Schmierereien auf seiner Haustür.

Die Erinnerung an das - seiner Empfindung nach - kollektive Dorfmobbing wummert jetzt wieder glasklar in Kisterers Hirn und er muss sich zwingen, seine Wut im Zaum zu halten. Für die herrliche, frühlingsbunte Landschaft des Chiemgaus hat der Regisseur keinen Blick; er starrt stur auf die Landstraße.

Die Wagenkolonne biegt in Halfing auf die Hauptstraße ein und nach vielleicht hundert Metern auf die Parkplätze des Halfinger Hofs, dem besten Hotel am Ort. Kisterer stellt erleichtert fest, dass sich entgegen seiner Befürchtung keine aufgebrachten Halfinger vor dem Hotel zusammengerottet haben, sondern einige junge Leute, die ihm gedämpft zujubeln. Kisterer schreibt beiläufig seinen Namen auf ein paar hingehaltene Zettel und enteilt in den Hotelbau.

Zwei Tage vor dem Castingtermin kommt nicht nur Veronika Lachmann im Friseursalon Halfinger Hair kaum mehr zum Arbeiten, weil ständig das Telefon läutet. In allen drei Halfinger Friseursalons steht das Telefon nicht mehr still: Die gesamte Dorfjugend will innerhalb der nächsten zwei Tage einen Termin. Selbst die, die sich sonst mittels Tranchier- oder Hautschere ihren Haarschnitt selber verpassen, betteln um professionelle Zuwendung.

In der Metzgerei Weininger kommt der ‚schöne Gerhard‘ mit dem Herrichten von Fresskörben nicht mehr nach. Seit einer Woche geht eine Bestellung nach der anderen ein, als hätte die Hälfte der Halfinger auf einmal Geburtstag. Weininger junior weiß, wer der Adressat der Körbe ist - er hat seinen eigenen auch im Halfinger Hof abgegeben.

Das Lager an höher- und hochpreisigen Weinen in der einzigen Weinhandlung im Ort ist leer: Im Verlauf der letzten Woche wurde alles verkauft. An manchen Tagen standen die Kunden Schlange bis auf den Gehweg. Die Namen der französischen und italienischen Spitzengewächse konnte kaum einer der Kunden aussprechen. Anfangs wiederbelebte die ungewohnte Nachfrage den Wunsch und die Freude des Weinhändlers, seinen Käufern endlich eine fundierte Beratung und Horizonterweiterung in Sachen Wein angedeihen zu lassen. Das Interesse der Kunden hielt sich jedoch in Grenzen: Sie kauften nach dem Preisschild. Und alle wollten ihre Flaschen schön eingepackt haben.

Ein paar Meter weiter in der Fußgängerzone von Halfing werkelt die Schneidermeisterin Franziska Bär mit zwei Lehrlingen seit einer Woche im Akkord: Lederhosen und Dirndl mit Änderungsaufträgen stapeln sich in der Werkstatt und eine Reihe Neuanfertigungen sind bis zum Casting noch fertig zu machen.

Das Castingteam samt Regisseur Kisterer sitzt nach dem Abendessen im Halfinger Hof beisammen und bespricht die letzten Einzelheiten für das übermorgige Casting. Aus dem Hintergrund ist ständiges Telefonläuten an der Rezeption zu hören. Die hat von der Castingleiterin Anweisung bekommen, in keiner Weise gestört werden zu wollen.

Der ziemlich übergewichtige Kameramann Prechting bestellt sich den dritten Obstler: Ihm ist schlecht. Er hat nicht nur üppig zu Abend gegessen, sondern dazu den ganzen Tag über aus diversen Fress- und Obstkörben genascht, die sich mittlerweile in den Zimmern des Castingteams stapeln. Die übrige Runde schaut sich belustigt und verständig an, als Prechting den weiteren Obstler in einem Zug hinunterkippt und sich danach schüttelt. Sie kennen ihren Prechting: verfressen, sinnenfreudig auf allen Gebieten - und mit genialem Auge; er ist eine lebende Kamera.

Die Castingleiterin Kempin schlägt ihre Mappe mit dem Ablaufplan auf und informiert die Runde abschließend: »Also: Jeder Bewerber wird in einer Liste erfasst mit Name, Telefonnummer und ein paar Daten zur Person und kriegt eine

Nummer. Ab elf lassen wir Leute rein in den kleinen Festsaal; bei dreißig ist Schluss, sonst kommen wir mit der Zeit nicht hin. Wenn alle da sind, kriegt jeder die Info zu der Szene, die er beim Casting aus dem Stegreif interpretieren soll. Sie haben fünfzehn Minuten Zeit, sich was zu überlegen und dann geht es der Nummer nach los. Die Presse - sofern überhaupt jemand kommt - lassen wir kurz vor dem Casting rein. Sie kriegen einen Pressetext von mir und ein kurzes Interview mit Johannes und dürfen ein paar Fotos machen. Dann sollen sie wieder gehen.«

Alle nicken.

Dann spricht sie ein wenig genervt ein anderes Thema an: »Was machen wir mit den ganzen Fresskörben, Speckseiten und Schinkenkeulen, die uns dauernd gebracht werden? Um das Zeug abzutransportieren, brauchen wir mittlerweile einen eigenen Laster – selbst wenn sich Prechting die nächsten zwei Tage noch ordentlich reinhängt«.

Die Runde schaut auf den Kameramann, dessen Gesichtsfarbe nach dem dritten Obstler wieder zurückgekehrt ist. Er meint:

»Mieten wir halt einen kleinen Transporter. Was wir nicht selber essen, spenden wir einer Tafel«. Nach einer kurzen Pause: »Die Selbstgebrannten und die Weine geben wir aber nicht her!«

Zustimmendes Nicken allseits. Die Castingleiterin fischt einen Stapel kleinformatiger Papiere aus ihrer Mappe und wedelt damit in die Runde:

»Und die ganzen Gutscheine?« Sie liest ein paar vor: »150 Bio-Eier. Zwei Wochen Ferien auf dem Bauernhof mit Vollpension für vier Personen.

Lebenslang kostenlose Kutschfahrten mit Haflingern. Und so weiter, und so weiter.«

Kisterer, der von den Bestechungsversuchen der Casting-Kandidaten die Nase voll hat, mault angewidert:

»Mensch, Susanne, schmeiß des Zeug weg!«

Kempin zerreißt gerade die Papiere, als wie aus dem Nichts ein kantiger Naturbursche mit frisch gestylter Almdudler-Fönfrisur am Tisch steht und zu Kisterer gewandt unter Aufbietung all seines Mutes ein Sprüchlein aufsagt:

»I bin da Hamm'er Bua,

leb in da Chiemgauer Flur.

Bin a Fan vo ihre Fuim

und daad so gern mitspuin.

I bin ned sche, aber mei Bluma,

de i vom Felsn wegagnumma.«

Er holt hinter seinem Rücken ein Edelweiß hervor und schließt sein Gedicht, leicht schwitzend, ab:

»Des Edelweiß is seltn und vo Wert,

drum es aa Ihnen ghört.«

Die Runde schaut sich vielsagend an. Prechting beugt sich unvermittelt unter den Tisch, als suche er etwas; sein leidlich unterdrücktes Lachen sickert von unten durch die massive Tischplatte. Kisterer macht gute Miene, nimmt das Edelweiß entgegen und entlässt den mutmaßlichen Casting-Kandidaten mit einem knappen Dank. Als der Blumenkraxler draußen ist, prustet die Runde los:

»Der steht bestimmt unter Naturschutz!«

»Genau wie das Edelweiß!«

Die Castingleiterin nimmt Kisterer das Edelweiß aus der Hand, beschaut es nachdenklich und deklamiert mit ernster Stimme:

»Oh, welch Naturschönheit. Lasst uns innehalten und uns einstimmen auf die vielen ihrer Art, die wir auserwählt sind, bald bewundern zu dürfen.«

Die Runde lacht erneut, bis auf Kisterer, der nur gequält den Mund verzieht. Er hat den Castingtermin deutlich vor Augen: eine Herde Dorftrampel, die nicht *einen* Satz vernünftig sprechen können und ihren Mangel an Textgefühl mit einem Mehr an grotesk gekünstelten Posen übertünchen. Die Zeiten, in denen sich der gefeierte Regisseur Kisterer mit Laien abplagen musste, sind lange vorbei. Er watscht innerlich einmal mehr seine Agentin, die ihm diese Tortur eingebrockt hat.

Eine ungewöhnlich warme Frühlingssonne lacht mittags über Halfing. Es ist Vorsaison – und Freitag, ein normaler Arbeitstag. Es ist aber auch der Tag vor dem Casting; die Terrasse des Halfinger Hofs ist fast bis auf den letzten Platz gefüllt: Die Castingleute samt Kisterer essen zu Mittag. Immer wieder kommen junge Leute an ihren Tisch und wollen ein Autogramm von Kisterer. Der winkt irgendwann wortlos ab, um seinen Schweinebraten wenigstens noch lauwarm essen zu können. Er hievt gerade ein Stück Knödel zum Mund; im nächsten Moment fällt es platschend in den Teller zurück. Die dunkelbraune Bratensoße spritzt Sommersprossen auf seinen weißen Seidenschal.

Kisterer sieht verärgert hoch und der Übeltäter, ein braunhaariger Landbursche, überschlägt sich fast, während er sich anschickt, mit einem Taschentuch den Schal sauberzuwischen: »Mei! Entschuldigung! Des is mir jetzt wirklich peinlich. So was Blöds aber auch, Herr Kisterer. I bin sonst ned so ungschickt!«

Der befleckte Regisseur wehrt die Reinigungsversuche gequält höflich aber kategorisch ab, aber der Beschmutzer lässt sich nicht so leicht abwimmeln: »Geben Sie mir doch bitte den Schal. I laß ihn natürlich auf meine Kosten reinigen. Morgen haben Sie ihn wieder. Wie neu.«

Kisterer reißt dem Burschen den gesprenkelten Schal fast aus der Hand und schleudert ihn auf den Stuhl neben sich. Er will den Nervtöter loswerden und schnauzt ihn an: »Is ja gut jetz! Mei Essen wird kalt.«

Der junge Bursch murmelt noch ein paar Entschuldigungen und zieht dann endlich ab. Kaum hat Kisterer den Braten zu Ende gegessen und sich ein Zigarillo angezündet, trippelt eine üppige Brünette im Dirndl auf etwas unsicheren Beinen an den Tisch: sie kämpft gegen die aberwitzig hohen Bleistiftabsätze ihrer Pumps und die Schwerkraft gleichermaßen. Am Tisch unfallfrei angekommen beugt sie sich ein wenig zu Kisterer herunter und flötet:

»Grüß Gott Herr Kisterer. Entschuldigung, dass i Sie einfach so ansprech. Aber so einen berühmten Regisseur sieht ma ja bei uns ned alle Tag. Derf i um a Autogramm bitten?« Sie hält Kisterer ein Foto von ihm hin und einen Stift.

»Wie heißen Sie denn, junge Dame?« fragt der Regisseur weit weniger genervt als von dem Soßenkleckser zuvor. Die ländliche Üppigkeit stützt ihre Unterarme auf den Tisch und antwortet:

»Eigentlich Brigitte. Aber meine Freunde nennen mich Bigi.« Sie beobachtet Kisterer, wie er ihren Namen und gute Wünsche auf das Foto schreibt und fügt hinzu: »Des is fei lieb, dass Sie mir das Autogramm geben. Des nervt Sie doch bestimmt, wenn dauernd jemand kommt und eins möcht«.

Als Kisterer ihr das Autogramm gibt, bleibt sein Blick nicht nur kurz in dem überflutenden Dekolleté der Autogrammjägerin hängen. Die Castingrunde wirft sich grinsende Blicke zu, um so mehr als der Regisseur erstaunlich freundlich antwortet:

»Des ghört zum Berühmt-Sein, dass man für seine Fans da is.«

Bigi nimmt das Autogramm pappsüß lächelnd entgegen und meint im Wegstaksen, mit einem eingeübten Augenaufschlag: »Mir sehn uns fei morgen – beim Casting«.

Kisterer nickt ihr zu und schaut ihr noch kurz nach. Castingleiterin Kempin meint lapidar: »Aber hallo! Du taust ja richtig auf in den Bergen.«

Kameramann Prechting setzt nach: »Tja, Susanne, nicht über allen Gipfeln ist Ruh.«

Kisterer wirft scherzhaft sein Feuerzeug nach Prechting und steht dann auf: »I fahr noch a bisserl in der Gegend um, zum Abschalten vor dem Höllentrip morgen.«

Er verlässt den Tisch und geht zu seinem MG auf dem Hotelparkplatz. Der Motor seines Sportwagens jubiliert ein paar Mal röhrend, bevor Kisterer mit Karacho auf die Straße hinausfährt und beinahe Ferdinands Leiterwagen erwischt.

Veronika Lachmann schwitzt am Abend vor dem Casting vor dem Ganzkörperspiegel in ihrem Zimmer: Auch der Reißverschluss des vierten

Dirndls ließ sich nur mit angehaltener Luft und eingezogenem Bauch schließen; es ist ein Jahr vergangen seit dem letzten Dirndl-Tragen. Veronika atmet schrittweise, quasi im Probebetrieb aus, um die Haltbarkeit der Nähte und des Verschlusses zu testen. Beide halten, aber das knapp sitzende Gewand schließt sich so eng um ihren luftleeren Körper, dass ein erneutes Einatmen zum röchelnden Pfeifen gerät. Genervt streift sich Veronika den bayerischen Textilpanzer von den Hüften und stopft ihn ohne großes Bedauern in den blauen Müllsack für die Kleidersammlung. Denn sie hat einen anderen, konkurrenzlosen Trumpf für das Casting! Sie beschaut prüfend ihre auf dem Bett ausgelegten Roman-Manuskripte und wählt nach kurzem Überlegen einen Schnellhefter mit der Aufschrift ‚Das Alm-Komplott‘. Ja, daraus wird sie etwas vortragen, ein paar Sätze nur. Aber die werden die Jury umhauen!

Beim angehenden Metzger-Konzern Weininger wird zur selben Zeit Kriegsrat gehalten. Der Seniorchef Bernd Weininger nebst Gattin und Junior besprechen das weitere Vorgehen nach dem Castingsieg. Denn dass der schöne Weininger-Spross die Filmrolle erhalten wird, daran kann nur ein Blinder zweifeln. Selbst wenn der Chiemgauer Siegfried-Verschnitt in rosa gepunkteten Boxershorts aufträte, stäche er alle Konkurrenten aus! Somit war die Frage des passenden Äußeren schnell geklärt: Denn ein gepflegtes Äußeres ist für Gerhard Normalität; zweimal im Monat ein Besuch beim Friseur und einmal wöchentlich zur Pedi- und Maniküre sind für den Metzgerssohn

Zeiten der Huldigung seiner selbst. Heute Abend geht es um Vermarktungsfragen.

Vater Weininger zieht schweigend, mit der gewichtigen Geste eines Vorstandsvorsitzenden ein paar Blätter aus einer Klarsichtfolie. Ein paar Mal schiebt er sie hin und her, ordnet sie nach einem nur ihm bekannten System und eröffnet die Sitzung mit einer Checkliste direkt vor ihm:

»Also: Der Filmvertrag wird durch Rechtsanwalt Stecher in Rosenheim überprüft. Der is Spezialist im Vertragsrecht.«

Die Anwesenden nicken.

»Da muaß ma ja allerhand beachten, bei dene Filmleut. De haun Laien im Filmgschäft sunst dermaßen übers Ohr, dass as Trommelfell brennt.«

Die Anwesenden nicken erneut zustimmend.

»Wenn Du dann«, er schaut kurz seinen Sohn an, »wegen dem Film unterwegs bist, haben wir scho überlegt, wie unser Laden weitergeht. Inserate haben wir schon entworfen. De Verträge mit einem möglichen Lizenznehmer werdn auch vom Anwalt Stecher aufgsetzt.«

Gerhard nippt an seinem Colaglas und nickt.

Vater Weininger referiert weiter: »Autogrammkarten sann entworfen; der Druck geht kurzfristig. Dann brauchst an Manager«.

Der Junior schaut fragend. Weininger senior fährt geschäftsmäßig fort:

»Da bin i in einem ersten Kontakt mit zwei Männer aus München. De wollen aber erst abwarten, bis de Gschicht richtig am Laufen is; wenn der Film also in de Kinos und ins Fernsehen kummt und du an gewissen Marktwert kriagst. Die nemma nämlich ned jeden Deppen. Du mußt koan Bär oder Löwen gwonnen haben, oder wia de Viecher heißn, aber a bisserl bekannt muaßt schon sein.«

Weininger junior nickt wieder.

Bernd Weininger sammelt seine Papiere zusammen und steckt sie wieder in die Klarsichtfolie. Ein kurzer Blick in die zufriedenen Zuhörergesichter läßt nun auch ihn kraftvoll nicken im Sinne eines siegessicheren »Packen wir's an!«

Im Hause Bradl gerät der Sohn Stefan, die ‚Zündkerze‘, ausnahmsweise ins Schwitzen: Er hockt auf dem Bett vor seinem Flachbildfernseher. Auf seinem Schoß der Joystick seiner Spielekonsole, mit der er versucht, einen Rennfahrer-Konkurrenten in einem Videospiel auszumanövrieren.

Es klopft an der Tür. Stefan reagiert nicht; er erschrickt, als seine Mutter unvermittelt im Zimmer steht. Aus den Lautsprechern ist das Geräusch eines Auffahrunfalls zu hören und Stefan schmeißt das Spielgerät enttäuscht zur Seite:

»Ah! Scheiße! Jetz bin i zammagrennt!«

Die Mutter schaut erst auf den Bildschirm mit dem Spielende-Bild und dann auf ihren genervten Sohn. Die Vorbereitung ihres Sprößlings auf das morgige Casting hat sie sich ernsthafter vorgestellt. Sie setzt sich auf den Bettrand und schaut Stefan eindringlich an: »Du weißt scho, dass morgen des Casting is?«

Der Sohn schaut ungeduldig auf den Bildschirm, angelt sich den Joystick und antwortet eher nebenbei: »Ja, sowieso.«

Mutter Bradl übersieht die übliche Unordnung im Zimmer ihres Sohnes und nimmt ein paar herumliegende Kleidungsstücke als Einhakpunkt:

»Ah, hast schon a bisserl gschaut, was du zum Casting anziehst?« Sie klaubt eine zerknitterte Baumwolljeans vom Boden hoch und legt sie auf ihrem Schoß zusammen, während sie auf eine Antwort wartet. Die ‚Zündkerze‘ springt im Stotterbetrieb an:

»Mei Mutti, des bläde Casting is doch wirklich ned so wichtig! Des is bloß a Marketinggag und a Riesenverarsche! Des kennt ma doch aus dem Fernsehen!« Stefan hat den Joystick zur Seite gelegt und sich wissend zurückgelehnt. Mutter Bradl legt die zusammengefaltete Jeans mit einem leicht resignierten Seufzer auf das Bett und setzt sich zu ihrem Sprößling. Sie weiß: Appellieren an dessen Ehrgeiz läuft ins Leere, also bliebt nur das eiskalte Ausnutzen seiner Gutmütigkeit und Liebe zur Mutter. Mit sanfter Stimme und flehender Miene beginnt sie ihre Überzeugungsarbeit:

»Mei, Stefan! I wär so stolz auf di. Und auch, wenn des Ganze fia di a Blödsinn is: Es is a Chance, de bloß einmal im Lebn kummt. Mei, wär i stolz … auch wenn ein anderer gwinnt. Des is gar ned so wichtig. Und du hast mir des versprochen!«

Sie zupft beiläufig an der zusammengelegten Jeans neben ihr herum, mit einem kurzen, prüfenden Seitenblick auf ihren Sohn.

Der hat während Mutterns Rede mit wachsender Verlegenheit an seinem Joystick herumgefingert und ist reif für die Schlechtes-Gewissen-Ernte. Die Mutter setzt mit einem aufmunterndem Blick in Sohnesaugen nach:

»Kumm, geh weiter! Mir zulieb!«

Stefan verdreht die Augen, kapituliert dann aber im Weglegen des Joysticks: »Guad, okay. I mach des Casting ja. Aber nur wegn Dir, Mutti!«

Frau Bradl schmeißt ihrem überraschten und unangenehm berührten Sohnemann einige Küsse auf Wange und Mund und macht sich sogleich im Kleiderschrank des Sohnes zu schaffen. Das Klappern von Kleiderbügeln wird untermalt von kreischenden Rennwagen.

Ferdinand Schloher dagegen ist am Abend vor dem Casting mit wirklich existentiellen Problemen beschäftigt: Er steht im elterlichen Waldmuseum an einer markierten Fichte und sucht auf seinem handgezeichneten Plan einen freien Platz für die Aufbewahrung seiner untertags gesammelten Schätze. Normalerweise vergräbt er seine Fundstücke erst am nächsten Mittag, aber heute hat ihn eine böse Überraschung zu einer Ausnahme gezwungen: Am Nachmittag kam ein aufgeregter Halfinger in die Schreinerei. Er und sein Vater entdeckten binnen kurzem das an die Hauswand gelehnte zerbrochene Fenster. Alle lautstarke Gegenwehr Ferdinands half nichts: das Glanzstück seiner heutigen Sammeltour wurde ihm weggenommen.

Immer wieder zieht er seinen Leiterwagen ein paar Schritte mal in diese, mal in jene Richtung, schaut zwischendurch auf den Lageplan und findet nach einer guten halben Stunde genau abgezählte vierzig Schritte von der Fichte entfernt doch noch ein unbearbeitetes Fleckchen. Ferdinand beginnt zu graben, diesmal nur eine kleine Grube für den kläglichen Rest seines Beutezugs: einen Gartenzwerg und eine Heckenschere. Nach dem Zuschütten der Grube legt Ferdinand das zuvor vorsichtig herausgestochene Moos wieder auf die Abdeckung und zeichnet ein weiteres kleines Quadrat mit Schrittangaben in seinen Plan.

Auf dem abschüssigen Feldweg heimwärts schiebt Ferdl seinen Leiterwagen mit der Deichsel in der Hand an, bis er richtig an Fahrt gewinnt und springt hinein. Laut ratternd und unbremsbar rast das Gefährt immer schneller den steinigen Weg hinunter. Ferdinand juchzt vor Freude, den Fahrtwind im Gesicht und in seinen flatternden Haaren. Vielleicht noch zwanzig Meter zum elterlichen Haus – noch zehn! Nur ein paar Meter vor der Haustür zwingt Ferdinand den Leiterwagen in eine scharfe Linkskurve und lässt ihn in Richtung Werkstatt ausrollen.

Ferdinand steigt aus seinem Holzboliden, zieht ihn hinter die Werkstatt und rennt zur Haustür: Nach einem erfüllten Arbeitstag freut er sich auf einen gut gefüllten Teller.

Der Wind hat aufgefrischt; am morgendlichen Himmel ziehen bedrohlich dunkelgraue Wolken über Halfing. Manch abergläubischer Castingteilnehmer mag dies als schlechtes Omen werten. Die Gedanken der meisten, bereits um neun Uhr in den Halfinger Hof strömenden Kandidaten kreisen aber nur um eines: Die Aussicht auf eine Karriere beim Film; ein gefragter Star zu werden, ein VIP.

Die Zirbelstube des Halfinger Hofs ist für die Bewerber noch verschlossen. Das Castingteam arbeitet darin an den letzten Vorbereitungen für einen möglichst effizienten Ablauf des Wettbewerbs: Nummernkärtchen werden bereitgelegt und die Teilnehmerliste. Auf einem größeren Tisch an einer Seitenwand werden Getränke und belegte Semmeln angerichtet, Verpflegung für die Castingteilnehmer.

Susanne Kempin instruiert einen blassen, schmächtigen Praktikanten: »Also, Du gehst kurz vor elf raus und schaust, dass die Leute nicht alle auf einmal durch die Tür brechen.«

Der Praktikant nickt; Kempin drückt ihm ein Megaphon in die Hand: »Wenn es gar nicht anders geht, brüll ordentlich. Höflichkeit kannst du dir sparen; die nehmen dich sonst nicht ernst.«

Der Praktikant ist ein wenig eingeschüchtert. Die Castingleiterin schärft ihm noch ein: »Und sag ja nicht, dass wir nur dreißig Leute reinlassen. Sonst trampeln sie dich zu Hackfleisch! Alles klar?«

Der Hänfling nickt schluckend und fragt unsicher zurück: «Und was mache ich mit den anderen, wenn die dreißig durch sind?«

»Dann bedankst du dich artig für ihr Kommen und sagst, dass wir mit so viel Andrang nicht gerechnet haben. Und es täte uns leid und bla, bla, bla. Das Übliche halt. Und dann kommst du schnell rein und sperrst die Tür zu.« Kempin klopft dem Praktikanten aufmunternd auf die Schulter: »Du machst das schon!« und hetzt weiter in den Festsaal.

Ahnungsschwanger schaut der Praktikant abwechselnd auf sein Megaphon und zur Tür: Nicht nur kurz blitzt das Bild der Massenpanik beim Untergang der Titanic vor ihm auf.

Im kleinen Festsaal daneben, in dem das Casting stattfinden wird, dirigiert Prechting die Beleuchtung, scheucht einen Azubi auf der kleinen Bühne herum und markiert schließlich mit Kreide eine Stelle auf dem Boden. Er geht noch einmal zurück zu seiner Kamera neben dem Tisch der Jury, wirft einen letzten prüfenden Blick durch das Objektiv und hebt den Daumen. Er schaltet seine Kamera aus und eilt zu dem Tisch mit dem Frühstücksbuffet. Außer ein paar Scheiben Räucherspeck aus einem der Fresskörbe auf seinem Zimmer hat er nichts im Magen. Prechting türmt sich genießerisch Kalorien auf einen großen Teller, nimmt sich Kaffee und verzieht sich an einen ruhigen Tisch in einer Ecke des Saals.

»Ah, Prechting, dich habe ich gesucht!« Castingleiterin Kempin ist etwas außer Atem, als sie sich zu Prechting setzt und ungefragt einen Schluck aus seiner Kaffeetasse nimmt. »Johannes meint, wir sollten zusätzlich Fotos von jedem Bewerber machen.«

Prechting verdreht die Augen und kaut weiter. Kempin nimmt sich eine Scheibe Schinken vom Teller; Prechting richtet scherzhaft sein Messer gegen sie.

Kempin, während sie kaut: »Mmh, der ist aber bedeutend besser als das Zeug draußen.« Sie deutet über ihre Schulter in Richtung Zirbelstube. »Also, was ist, schaffst du das mit den Fotos zusätzlich?«

Der Kameramann nickt wortlos; er hat bereits wieder den Mund voll. Die Castingleiterin nickt Prechting zu und eilt wieder in die Zirbelstube.

Zufrieden, weil satt lehnt sich der Kameramann nach einer halben Stunde entspannt zurück und schaut auf die Uhr: Noch eine gute halbe

Stunde bis zum Casting, genügend Zeit für ein Verdauungsdösen.

Kurz vor elf Uhr drängelt sich eine dichte Traube hoffnungsfroher Schauspieltalente um den schmächtigen Praktikanten; er steht mit dem Rücken zur Tür der Zirbelstube und bemüht sich vergeblich, mit höflichen Anweisungen und gutem Zureden das Schieben und Drängeln in den Griff zu bekommen. Schließlich hebt er sein Megaphon vor den Mund und flüstert hinein, als habe er Angst vor seiner eigenen Lautheit:

»Alle mal herhören – Hallo – Bitte.« Niemand reagiert. Der kleine Praktikant holt tief Luft und brüllt dann: »Alles hört auf mein Kommando!! Ruhe jetzt!« Obwohl von ihm nur der Trichter seines Megaphons aus der Masse herausragt, zeigt seine neu gewonnene Autorität Wirkung. Er kann nun in Ruhe den Ablauf erläutern: »Wer nicht am Casting teilnimmt, geht jetzt bitte.«

Ein paar protestierende Stimmen gehen in wort- und gestenreichen Verabschiedungen unter: letzte gute Ratschläge, Schulterklopfen, Aufmunterungen, Tränen der Rührung und des Stolzes. Der Vorraum hat sich sichtlich geleert, aber immer noch warten weit mehr Bewerber auf ihre Chance, als eingelassen werden.

Der Praktikant weiter: »Geben Sie bitte drinnen am Tisch Name und Adresse an; Sie kriegen dann eine Nummer, mit der Sie aufgerufen werden. Bitte einer nach dem anderen. Es besteht kein Grund zum Drängeln, auch wenn wir nur eine bestimmte ...«

Er verstummt abrupt; alle Köpfe drehen sich ruckartig zu ihm. Der Praktikant kann seinen Fehler gerade noch ausbügeln: »... bestimmte Reihenfolge einhalten müssen.«

Er öffnet die Tür und lässt einen nach dem anderen zur Anmeldung durch. Weininger junior tritt als Erster zum Anmeldetisch und erhält daher – das kann nur Vorbestimmung sein – die Nummer eins. Als die dreißig voll sind, schließt der schmächtige Praktikant die Tür und lässt auf die verbliebenen Wartenden im Gastraum sein Bedauernsprüchlein los. Während seines letzten »Danke für Ihr Kommen« hat er schon die Klinke der bereits halb geöffneten Tür in der Hand. Kaum ist sein letztes Wort verhallt, huscht er durch den Türspalt und dreht den Schlüssel um. Tief durchatmend lehnt er ein paar Sekunden an der anderen Seite der Tür; sich ein bisschen gemein fühlend, aber auch ungeheuer stolz auf sich.

Die Ausgeschlossenen nebenan schauen sich nur kurz sprachlos an. Dann wallen lauthalse Empörung und Enttäuschung durch den Gastraum:

»Des is ja des Allerletzte! Es hat überhaupt nix geheißen von wegen nur dreißig Leut... Ja, was glaubn denn die .... I hab's doch gleich gsagt, dass des alles Verarsche is!!«

Nur Einer nimmt die vermeintlich verpasste Chance gelassen hin: Die Zündkerze Stefan Bradl. Er feixt in sich hinein, als er via Handy seinen Spezln sein überraschendes Kommen zum Frühschoppen im Käptn Flori avisiert. Er war als einer der Letzten zum Castingtermin eingetrudelt, und einmal mehr hat sich sein Wahlspruch bewahrheitet: Wer zur Pflicht zu spät kommt, hat Zeit für die Kür.

Die Teilnehmer haben sich währenddessen jeder ein Plätzchen gesucht und beäugen ihre Konkurrenten. Marietta Kernberger hat sich nicht an einen der Tische gesetzt, sondern steht. Weniger, weil sie mit ihrem außergewöhnlich feschen Dirndl auffallen möchte, sondern weil es verdammt eng und nur im Stehen ohnmachtsfrei tragbar ist. Veronika Lachmann steht neben ihr und blättert in einem dicken Manuskript. Mit Blicken ins Leere scheint sie einen Text auswendig zu lernen. Maietta fragt sie: »Du hast ja wirklich d' Ruh weg, jetz noch zu lesen!«

»Des is mein neuer Roman; die Passage muaß sitzen, wenn i drankomm.«

Marietta grinst und meint zu ihrer naiven Stehnachbarin: »Glaubst du, dee lassen di was von deinem Zeug vorlesen? Wir kriegen doch eine extra Aufgabe.«

Veronika schaut Marietta mit großen, enttäuschten Augen an: »Meinst wirklich?«

Marietta schenkt der Literatin einen mitleidig-wissenden Blick und wendet sich innerlich lächelnd ab: Eine Konkurrentin weniger im Feld!

Derweil hält Gerhard Weininger Audienz: Er ist im perfekten Alpenvorlandsoutfit angetreten und porentief gepflegt bis hin zu den geduschten Wimpern. Jeder kennt ihn oder tut zumindest so: Der ‚schöne Siegfried‘ absolviert die auf ihn einstürmenden Begrüßungen mit der Nonchalance eines oberbayerischen Weltmanns und erlaubt schließlich einer seiner zahlreichen weiblichen Fans, ihm ein stilles Mineralwasser zu holen.

Die Castingleiterin betritt den Gastraum und erhebt ihre norddeutsch durchdringende Stimme; sofort ist Ruhe und alle lauschen erwartungsvoll: »Meine Damen und Herren - es wird ernst. Ich werde Ihnen nun mitteilen, was wir bei dem Casting von Ihnen sehen wollen.«

Sie macht eine kleine Pause zur Sicherheit, dass auch wirklich alle zuhören. Dann verliest sie die Aufgabe: »Stellen Sie sich vor, Sie sind unsterblich in einen schicken Jungen oder Mädchen verliebt und Sie beide wollen heiraten. Ihr Partner zögert aber, weil seine bzw. ihre Eltern dagegen sind. Tradition halt, nicht standesgemäß und solche Sachen. Wie überzeugen Sie Ihren oder Ihre Angebetete, über seinen oder ihren Schatten zu springen und auf die Familienehre zu pfeifen?«

Totenstille im Raum - beinahe; unterbrochen nur von ein paar tiefen Schnaufern einiger Castingteilnehmer, die sich das Ganze etwas einfacher vorgestellt haben. Veronika Lachmann jubiliert innerlich, besteht die Aufgabe doch in einer Szene, die sie zigmal literarisch behandelt hat!

»In zehn Minuten beginnen wir mit dem Casting und rufen Sie der Nummer nach auf. Diejenigen, die später dran sind, haben mehr Zeit zum Überlegen, was aber kein Vorteil ist: Länger Zeit haben heißt nicht, besser zu sein! - Viel Glück und bis gleich!«

Die Tür schließt sich, die Kandidaten sind wieder unter sich. Blicke wandern umher - an die Zimmerdecke oder in die Runde: teils taxierend, teils fragend, teils wisserisch. Freunde werden zu Konkurrenten. Stichworte werden auf Papier oder ins Smartphone gekritzelt und vor neugierigen Spickern abgeschottet.

Im Festsaal steht Kisterer mit einer Gruppe von Vertretern der Regionalpresse zusammen und beantwortet routiniert und emotionslos ihre Allerweltsfragen. Kameras klicken unablässig. Als ein Journalist fragt, was er zu der eher negativen Kritik seines ja doch schon länger zurückliegenden Films meine, verfinstert sich Kisterers Miene schlagartig. Bevor er antworten kann, schiebt sich die Castingleiterin energisch neben den Regisseur und verkündet:

»Meine Damen und Herren von der Presse: Das Casting beginnt gleich und wir bitten Sie, zu gehen. Die Kandidaten sind schon nervös genug und wir wollen sie nicht noch mehr Stress aussetzen. Vielen Dank für Ihr Kommen; Sie haben ja den Pressebericht und wir schicken Ihnen auch ein paar Fotos vom Casting. Es entgeht Ihnen also nichts.«

Der Journalistentross schiebt sich behäbig zur Seitentür hinaus.

Kisterer nickt der Castingleiterin mit einem Hauch von Dankbarkeit zu, bevor sie beide ihre Plätze einnehmen. Prechting steht mit seiner Kamera etwas versetzt neben ihnen und hebt den Daumen: Es kann losgehen. Kempin schiebt dem Regisseur den Anmeldebogen des ersten Kandidaten hin: Gerhard Weininger. Kisterer überfliegt ihn kurz und gibt das Startzeichen.

Der Halfinger Adonis schreitet lässig zur Markierung auf der Bühne, streicht sich prüfend durch das föngestylte Haar und beginnt nach dem »Bitte sehr, wir sind gespannt« mit seiner Vorführung. Er schmachtet seine imaginäre Angebetete an:

»Zenzi, Du weißt doch, dass ich dich liebe! Ja, i hab keine Ahnung von Landwirtschaft.«

Er stockt, erst kurz, dann länger. Nach ein paar Stotterern setzt er zum Finale an: »Aber meine Metzgerei bau i zu einem Konzern ... und dann ... haben wir mehr Geld als ... dann sind wir ...«

Gerhard Weininger versucht seinen Auftritt irgendwie zu retten, geht in die Knie und schmachtet:

»Ach, du holde Zenzi! Stell dir vor, wie schön des Leben mit mir sei werd: Dreimoi im Jahr in Urlaub fliang. Ned nach Südtirol oder so! Naaa! Nach Thailand, Perto Rico und in de Republik vo de Dominikaner Mönch!...«

Kisterer senkt den Kopf, während Weininger junior sich weiter ins Zeug legt: »... des is doch a ganz katholischer Ort. I bin kein Gottloser - wia deine Eltern meinen!«

Der Regisseur beendet die Schmerzen in den Kniescheiben des schönen Gerhards mit einem »Danke. Sie hören von uns.«

Der nächste Kandidat tritt in einer echten, offenbar seit Generationen vererbten, speckigen Krachledernen auf, die ihm zu groß ist: Sein Gang erinnert an einen watschelnden Erpel und seine Überredungskunst erschöpft sich in einem mehrmals wiederholten »Du, i mog di fei wirklich!«

Auf den Einwurf Kisterers, dass er von einem Überreden bislang nichts gehört habe, meint der Kandidat erstaunt: »Wieso überreden? Entweder sie mog oder ned. Des mach ich immer so!«

Kisterer entlässt ihn mit dem üblichen Spruch.

Nach einer halben Stunde mit den von ihm befürchteten hölzernen bis skurrilen Darbietungen steht Kisterer unvermittelt auf und sagt in die Castingrunde:

»Seid's mir ned bös, aber des tu i mir keine Minutn länger an! Mir reicht's, wenn i die Typen nachher noch auf dem Monitor sehn muaß!«

Er entschwindet zum Seitenausgang; auf seinem Zimmer lässt er sich aufs Bett fallen und blättert im selbst geschriebenen Drehbuch des Films, den er eigentlich hätte drehen wollen: sozialkritisch, aufrüttelnd, kantig und damit das genaue Gegenteil des gefälligen und seichten Werks, das er stattdessen drehen muss: So einen nichtssagenden Allerweltsschmarrn hätte er selber nie geschrieben!

Kisterer schleudert das Drehbuch missmutig auf den Boden, legt sich lang und starrt an die Zimmerdecke. Ihm dämmert, dass er die Haltbarkeitsdauer des Ruhms für seine ersten Filme überschätzt und sich zu lange auf ihm ausgeruht hat. Der jetzige Film wird seinen Namen wieder ins Gespräch bringen, ihn aber verknüpfen mit seinen früheren, sozialkritischen Werken: mit wirklich guten Filmen.

Er watscht innerlich seine Agentin, die ihm zuredete, das Drehbuch zu verfilmen, weil doch Alpenkrimis im Fernsehen sensationelle Einschaltquoten hätten! Kisterer döst ein mit dem tröstenden Gedanken, dass er sich diesen einen Ausrutscher gönnt, aber dann wieder richtige Filme drehen wird. Das Drehbuch dafür ist ja fast schon fertig.

Nach gut drei Stunden, gegen halb drei, ist das Casting beendet. Allgemeines Zusammenräumen und Einpacken, ohne Worte. Die Crew ist erschöpft. Selbst die sonst immer wuselige Susanne Kempin streckt auf ihrem Stuhl alle Viere von sich.

Der Kameramann Prechting hebt seine Kamera vom Stativ und meint: »Ich muss raus hier. Ich gehe noch ein bisschen im Dorf spazieren. Vielleicht kommt mir ja noch etwas Lohnendes vor die Linse.«

Kaum im Freien, zündet sich Prechting eine Zigarette an, nimmt ein paar tiefe, genießerische Züge und wandert los zur Hauptstraße. Er biegt in die nächste Seitenstraße, schaltet seine Kamera ein und dreht zur Erholung: ein paar schöne Fassaden mit Lüftlmalereien, kapitale Kastanien, ein paar Fußgänger und – einen seltsamen, langhaarigen Typ mit einem Leiterwagen. Prechting setzt kurz die Kamera ab und schaut genauer hin. Dann dreht er weiter.

Der Mensch geht in einen Hof, schaut sich um, greift sich ein Paar Gummistiefel und stellt es in seinen Leiterwagen. Nach einen kurzen Rundblick verlässt er den Hof, geht die Straße entlang, immer wieder über Gartenzäune schauend. Prechting verfolgt sein seltsames Tun noch eine Weile mit der Kamera bis der Typ, plötzlich rennend, von dannen zieht.

Der Kameramann schüttelt verwundert und amüsiert den Kopf und macht sich auf den Rückweg ins Hotel.

Das Abendessen gegen sechs Uhr war üppig und der passende Energieschub für die abschließende Begutachtung der Castingdarstellungen. Mit gut gefülltem Magen und einem Obstler als Reserve schließt Kameramann Prechting im kleinen Festsaal seine Kamera an den Monitor an und startet die Aufnahmen. Gleich beim ersten Kandidaten, Weininger junior, ruft Kisterer ein »Stopp, noch mal zurück« und besieht sich den schicken Chiemgauer ein weiteres Mal, fragende und erstaunte Blicke erntend.

Kempin ungläubig: »Ne, ist nicht dein Ernst? Dieser geschniegelte Möchtegern-Helmut-Berger?«

Aber Kisterer wirft ein: »Die paar Zeilen Text, die er im Film zu reden hat, kriegt der schon hin. Er ist wenigstens was fürs Auge. - Kommt in die engere Auswahl.«

Susanne Kempin schaut den Regisseur kopfschüttelnd an und legt den Teilnehmerbogen von Gerhard Wieninger zögernd auf einen gesonderten Platz auf dem Tisch.

Die nächsten Darbietungen der Halfinger Jugend quittiert Kisterer mit kurzen, kategorischen »Neins«.

Dann betritt eine etwas füllige, durchaus hübsche Teilnehmerin im Dirndl die Bühne. Sie hat ein dickes Manuskript dabei, schlägt es auf einer markierten Stelle auf und deklamiert: »Es war nicht nur ihr wogender Busen...«

Der Zwischenruf Kempins, sich an die Aufgabe zu halten, lässt die Kandidatin unbeeindruckt; sie fährt fort: »... nicht nur ihr wogender Busen, der ihm die Hitze ungeahnter Sehnsucht in die Gebeine fahren ließ.« Sie krümmt sich, presst die freie

Faust an ihre Brust und schreit fast: »Ja! Ja! Sie war es. Für sie würde er...«

Kempin unterbricht sie erneut in kaltem Geschäftston: »Frau Lachmann, Ihr Engagement in allen Ehren. Aber wir müssen auf die Aufgabe bestehen! Sonst sind Sie raus.«

Veronika Lachmann schaut die Castingleiterin mit feuchten Augen an und macht einen letzten Anlauf: »Aber das ist ein wirklich guter Text, mein neuester Roman. Sie sind doch Fachleute...«

Kempin winkt sie von der Bühne: »Das ist ja schön für Sie, aber nicht das, was wir sehen und hören wollen. - Der Nächste bitte.«

Veronika geht stockend von der Bühne, immer wieder enttäuscht in Richtung des Castingteams schauend; Tränen rinnen.

Kisterer hat sich während der Aufzeichnung nach vorne gebeugt und ruft »Stopp!«

Kempin schaut ihn fragend von der Seite an.

Der Regisseur: »So schlecht ist die nicht mal. Sie kann zumindest Emotionen ehrlich rüberbringen.«

Die Castingleiterin grinst: »Dir gefällt das Dekolletée. Sei ehrlich.«

Der Regisseur überhört die spitze Bemerkung: »Mach einen Haken ran.«

Die nächste halbe Stunde hockt die Jury gelangweilt auf den Stühlen. Ab und zu wird leise gelacht, von Kandidat zu Kandidat immer öfter und immer lauter, begleitet von gehässigen Bemerkungen:

»Mit der Piepsstimme kann sie Miss Piggy synchronisieren!«

»Genau! Und die Körpermaße stimmen auch.«

Ein schlaksiger, junger Mann tritt auf mit rhythmischem Klacken bei jedem Schritt: Die Absätze seiner abgewetzten Cowboystiefel sind metallbeschlagen. Die Hosenbeine seiner Jeans schließen sich um dürre Oberschenkel und betonen kapitale O-Beine. Gelächter im Saal:

»Das ist eindeutig ein Kandidat für die lebendige Torwand: Durch die Oberschenkel passt locker ein Fußball!«

»Stellt euch den mit Lasso auf einem Mustang vor: Chickenboy, der Dompteur des Hühnerhofs!«

»Du vergisst, wo wir sind: Nix Mustang – Haflinger! Aber da muss er schon ordentlich pressen, damit ihm der Gaul nicht zwischen den Schenkeln durchläuft!«

Die Runde brüllt vor Lachen, als gleich danach die magere Marietta in hautenger Tracht auftritt:

»Mönsch, da ist ja auch Chickengirl! Das Dream-Team ist komplett!«

»Wenn Sie sich umarmen, werfen sie wenigstens zu zweit einen Schatten!«

»Und wer von den beiden wirft das Lasso, um die Eier zu fangen?«

Die Begutachtung der weiteren Kandidaten geht in Unaufmerksamkeit unter. Ein Teilnehmerbogen nach dem anderen wandert in den Papierkorb. Als der letzte offizielle Aspirant seinen Auftritt beendet hat, steht nicht nur Kisterer erleichtert auf, streckt sich und gähnt herzhaft. Doch auf dem Monitor ist noch nicht Schluss: Ein schlaksiger junger Mann mit Leiterwagen schlurft über den Marktplatz.

Prechting entschuldigend: »Ach, den habe ich ja ganz vergessen. Der ist mir im Ort über den Weg gelaufen; echt seltsamer Typ.«

Der Kameramann will gerade die Kamera ausschalten, aber Kisterer stoppt ihn: »Warte. Lass des laufen.«

Er setzt sich wieder hin, beugt sich nach vorne und beobachtet die Szene interessiert. Die Castingleute schauen sich fragend an und zucken zusammen, als Kisterer plötzlich aufspringt und schreit:

»Das ist es! Das ist es! Als kennt der Typ mein Drehbuch!« Er schaut in die Runde: »Ned den Scheiß, den i drehen soll; mein eigenes. - Susanne, krieg raus, wer des is.«

Kempin raunz ihn an: »Was soll das denn jetzt? Der passt doch in unseren Film gar nicht rein.« Nach einer Pause: »Du willst doch nicht etwa unser Projekt hinschmeißen und ...«

Kisterer ist wie ausgewechselt, sein Adrenalinspiegel ist auf den üblichen Kreativpegel hochgeschnellt und in seinem Hirn blitzen Szenen seines neuen, anderen Films auf. Er greift nach seiner Lederjacke und verkündet:

»Genau des! Wir machen *meinen* Film. Den Produzenten krieg i schon klein. I versuch gleich, ihn zu erreichen.«

Nach ein paar schnellen Schritten aus dem Saal kehrt er unvermittelt um und geht auf Prechting zu, der gerade sein Kamerazeug einpackt. Kisterer nimmt seinen Kopf in beide Hände und drückt ihm wortlos einen Kuss auf die Stirn. Noch bevor der Kameramann seinen staunend Mund wieder schließen kann, ist Kisterer schon draußen.

Die Castingleiterin hat sich stöhnend auf einen Stuhl fallen lassen; sie sitzt da wie ein Häufchen Elend und schaut mit verzogenem Mund in die

Runde: »Das wird eine Katastrophe! Der hat sie nicht mehr alle! Was glaubt der eigentlich, wer er ist?«

Prechting schwingt sich seine Umhängetasche über die Schulter und sagt grinsend und irgendwie erleichtert zu Kempin: »Wer er ist? Ein verrückter, unberechenbarer, aber genialer Filmemacher. Das ist er.« Er nimmt seine Kamera und fügt hinzu: «Sei ehrlich, an dem Schrott, wegen dem wir hier sind, hätten wir doch alle keine Freude gehabt.«

Er stapft hinaus. Der schmächtige Praktikant klaubt ärgerlich Papiere zusammen und raunzt: »Sehr witzig! Und ihr habt mich auf eine trampelnde Herde von Verrückten losgelassen! Wegen nichts.«

Kempin klopft ihm auf die Schulter und meint: »Wenn du mit dem Irren«, sie deutet mit dem Kopf in Richtung Ausgang, »weiterhin arbeiten willst, dann zieh dich warm an: Das heute war eine Fahrt im Kinderkarussell.«

Im Hause Weininger klirren am Samstagabend nach einem besonders edlen Viergängemenü die Champagnergläser. Immer und immer wieder musste der Junior den Eltern seinen Auftritt bis ins kleinste Detail schildern. Vater Weininger informierte gleich nach Gerhards Rückkehr den Münchner Rechtsanwalt vom Verlauf des Castings, damit er sich darauf einstellen konnte, die Filmverträge kurzfristig auszufertigen. »Da muaß ma gleich von Anfang an Tacheles reden mit de Filmleut, sonst tanzen einem die auf der Nase rum«, meinte der Senior und setzte einen weiteren Haken auf seiner Checkliste.

Gerhard nippt an seinem Glas und greift unter den Tisch: Der Verband mit dem Eisbeutel an seinen Knien ist schon wieder verrutscht.

Die künftige Bestsellerautorin Veronika Lachmann sitzt seit dem späten Nachmittag an ihrem Schreibtisch und schreibt eifrig Seite um Seite voll. Mit der Hand, denn alle großen Schriftsteller machen das so: Der seelenlose PC ist der Totengräber der Inspiration.

Nach ihrem enttäuschenden Auftritt beim Casting hat sie Rotz und Wasser geheult, sich aber nach einer Stunde mit einem letzten Schneuzer aufgerappelt und in einem Jetzt erst recht-Anfall wieder ans Schreiben gemacht. Sie schaut vom Papier hoch und zum Fenster hinaus. Ihr Blick verharrt auf der auf der Fensterscheibe klebenden Liste mit Adressen von Verlagen: »Ja, ja, naiv bin i. Aber i weiß, dass i gut bin. Alle werds ihr noch vo da Geierwally hörn!«

Und weiter flitzt der Kugelschreiber übers Papier...

Bei Kernbergers sitzt man vor dem Fernseher. Es läuft: die Talentshow. Vater Kernberger kann sich eine spitze Bemerkung in Richtung seiner Tochter nicht verkneifen:

»Da, siehst des? Wia se die alle zum Affen machen? Und alle glauben, de Macher von der Show meinen es ernst mit ihnen!« Er nimmt ein paar tiefe Schlucke von seinem Bier und fügt hinzu: »Aber du hast ja unbedingt hin müssen!«

Marietta schnauft genervt durch und blafft: »Ja, aber es war a Chance. Und wenn ma keine Chancen wahrnimmt, dann derf ma sich ned wundern, wenn ma Milch ned nur verkauft, sondern sie auch im Hirn hat!«

Vater Kernberger setzt sich in seinem Sessel auf und ringt nach Worten. Eine solche Respektlosigkeit hat er bei seiner Tochter noch nie erlebt! Mit drohend fuchtelnder Hand schimpft er:

»Du lebst ja schließlich ned schlecht vo unserem großen Hof. Und wer glaubst du, werd die depperte Modeschul in München zahln? Und überhaupt...«

Mutter Kernberger unterbricht genervt: »Jetz hört's doch endlich auf! Mir langt's jetzt. Seit heut Nachmittag hör ich nix anderes, als eure Streitereien wegn dem scheiß Casting!«

Vater Kernberger mault nach: »Weil's ja auch wahr is...«

Marietta nimmt ihr Bierglas und hebt es in Richtung des grantelnden Vaters: »Geh weiter, Pappa, kumm.«

Der Pappa Kernberger nimmt zögernd seines und die beiden stoßen an: »Is scho gut. Aber der gschniegelte Weininger wenn gwinnt, dann...«

Marietta vervollständigt: »... kriang ma unsern Schweinsbratn nur no handsigniert.«

Die Zündkerze Stefan Bradl brauchte einen ausgiebigen Nachmittagsschlaf nach dem unverhofften, dafür um so ausgiebigeren Frühschoppen. Während halb Halfing abends vor dem Fernseher hockt - es läuft: die Talentshow -, kreischen bei ihm die Rennboliden seines geliebten Computerspiels. Die Diskussion mit seiner Mutter, ob er absichtlich zu spät beim Casting auftauchte oder die ganze Veranstaltung sowieso Verarsche war, wie Stefan meinte, war schnell überstanden.

Es klopft an der Tür und Mutter Bradl kommt mit einer großen Flasche Cola, zwei Gläsern und einer Tüte Kartoffelchips. Sie setzt sich neben ihren Sohn aufs Bett und fragt mitten in das Spiel: »Du, wie geht denn des eigentlich mit dem Autorennen? Kann ma des auch zu zweit spielen?«

Stefan stoppt das Spiel und schaut seine Mutter von der Seite freudig überrascht an: »Ja, freilich. Des is gar ned so schwer.«

Er kramt aus der Nachttischschublade einen zweiten Joystick und schließt ihn an - es wird eine lange Nacht.

Schlohers sitzen versammelt vor dem Fernseher. Es läuft: die Talentshow. Ferdinand hockt auf dem Boden und begleitet die Bilder der auftretenden Teilnehmer mit einsilbigen Kommentaren:

»Falsch, singt falsch. - Dick, fett - bäääh! Casting, Caaa-sting.«

Seine Schwester Irmi ist nicht seiner Meinung: »Quatsch! Die singt gut, richtig gut. Die ist toll!«

Ferdinand schaut seine Schwester mit offenem Mund an und widerspricht: »Nein, Du bist blöd. Casting ist blöd. Ferdinand ist toll.«

Sonntag Vormittag um zehn in Halfing: Dreißig Castingteilnehmer warten auf *den* Anruf, der sie vor Freude kreischen oder weiterhin in Bedeutungslosigkeit dümpeln lassen wird. Aber sie warten vergeblich. Denn Susanne Kempin plagt sich im Halfinger Hof mit einer Kehrtwendung: der passenden Formulierung einer Pressemeldung, die so nicht geplant war. Die Recherche, welchen schrägen Vogel der Kameramann eingefangen hat, war einfach. Ein paar Stichworte haben der Rezeptionistin des Halfinger Hofs genügt: »Lange Haare, Leiterwagen, Lederstirnband«. Kisterer dürfte schon an die Schlohersche Tür klopfen. Bei dem Namen »Schloher« hatte der Regisseur aufgemerkt: Er war mit Maria Schloher seinerzeit locker befreundet. Nach seinem Weggang war Ferdinand noch ein kleines Kind von zwei, drei Jahren.

Je näher Kisterer in seinem MG dem Schloherschen Anwesen kommt, desto langsamer fährt er: Das Wiedersehen mit Maria nach über zwanzig Jahren Funkstille wird nicht einfach werden, auch wenn Maria Schloher eine der ganz wenigen positiven Erinnerungen an seinen Heimatort ist. Sie war anders als der kleinbürgerliche Rest: scherte sich nicht um einbetonierte Konventionen. Auch nicht, als sie mit Ferdinand schwanger war und der Vater sich auf und davon machte.

Langsam fährt Kisterer vor das Wohnhaus und parkt seinen Wagen neben der Haustür. Aus einem Nebengebäude, der Werkstatt, dringen die typischen Schreinergeräusche. Mit dem Duft frisch gesägten Holzes in der Nase klingelt er an der Haustür. Maria öffnet. Sie scheint nicht übermäßig überrascht von ihrem Gast zu sein; ihr Gruß klingt eher nachdenklich wissend:

»Der Hannes!«

Sie lädt ihn mit einer Handbewegung ins Haus. »Zieh bittschön deine Schuh aus; ich hab grad geputzt.«

Kisterer streift sich etwas verwundert seine Slipper von den Füßen, folgt Maria in die Küche und setzt sich an den schweren Holztisch. Um das Eis zu brechen, fällt ihm keine intelligentere Frage ein als »Wie geht es dir?«

Maria schaut ihn kurz an, während sie ihrem Gast wortlos noch heißen Kaffee vom Frühstück in ein Haferl einschenkt und samt Zucker und Milch hinstellt. Dann setzt sie sich ihrem Gast gegenüber hin. Sie antwortet kurz und knapp: »Weit besser als nach deinem ersten Film.«

Kisterer rührt unnötig lange in seiner Kaffeetasse; er will Zeit gewinnen für eine Antwort. Marias vorwurfsvoller Ton ist ihm nicht entgangen: »I weiß, i hab mich damals schäbig benommen; i war halt einfach total besessen von meinem Filmprojekt!«

Maria beugt sich vor und schaut ihm durchdringend in die Augen: »A uneheliches Kind - des hätt ich packt, egal, was de Leut sagn.«

Lange aufgestaute Enttäuschung bahnt sich ihren Weg nach draußen: »Aber deine dazu erfundenen Gschichten drum rum! Und es hat jeder gwusst, dass es bei dem Ganzen nur um mi gehen kann!« Maria lehnt sich zurück und schaut aus dem Fenster, versucht, ihren Ärger in den Griff zu bekommen. Sie setzt nach: »Und dass mit dem Ferdl was ned stimmt, dass er behindert is sei Lebn lang, des hast du damals auch erfahren. Aber dem Herrn Erfolgsregisseur war Freundschaft auf einmal völlig wurscht! Nicht einmal angerufen hast du seitdem! Und ned *ein Mal* gefragt, ob du helfen kannst! Versteh mich ned falsch: Mir geht es ned ums Geld, sondern um Menschlichkeit und Freundschaft. Falls du überhaupt noch weißt, was des bedeut!«

Kisterer versucht eine Rechtfertigung: »Deswegen bin i auch gekommen: I möcht es gutmachen.«

Marias erboste Reaktion hat er nicht erwartet; sie hat sich wieder vorgebeugt und zischt ihn an: »Ach! Brauchst wieder einen Blöden, den du umsonst für einen von deine Film einspannen kannst? Bei de ganzen Depperten, de gestern bei deinem Casting rumgeturnt sind, wirst ja wohl welche gfunden haben?«

Der frühere Erfolgsregisseur sucht in einem ihm unbekannten Drehbuch den rettenden, konfliktlösenden Satz: »Maria, i weiß es doch! I war einfach eine - Sau.«

Maria nickt zustimmend.

»I war jung und Erfolg haben, war des Einzige, was mi interessiert hat. Der Film war mei Chance, aus dem Kaff rauszukommen. Ja, du hast Recht: Heut, nach zwanzig Jahren, is mir des auch klar, dass ich di benutzt hab. Und ich möcht di um Verzeihung bitten. Heut bin i gescheiter.«

Kisterer sitzt leicht zusammengesunken am Küchentisch. Er schaut von unten auf Marias Reaktion. Die ist aufgestanden, holt eine Flasche Enzian aus dem Eisschrank, zwei Schnapsgläser und gießt ein.

»Lassen wir es gut sein. I hab ja doch noch Glück gehabt im Lebn.« Die beiden prosten sich zu und kippen den Enzian hinunter.

Maria hat sich wieder zurückgelehnt, die Arme vor der Brust verschränkt und fragt: »I kenn dich doch: Du bist ned bloß zu einem Reuebesuch kommen?«

Kisterer bekommt nachgeschenkt, dreht das Glas zwischen den Fingern, leert den Enzian dann in einem Zug und setzt zum alles entscheidenden Thema an: »Ja, du kennst mich wirklich. I dich auch a bisserl und vor allem deine absolut berechtigte Wut auf mi. Des is jetzt ned einfach und du wirst vielleicht gleich wieder hochgeh. Aber lass mi bitte einfach ausreden.«

Maria Schloher nickt wortlos und lauscht lauernd.

»Des Casting gestern war für einen Film, der mir am Arsch vorbeigeht. Mei Kameramann hat gestern zufällig an Ferdl gfilmt. Und als i die Aufnahmen gsehn hab, is mir schlagartig klar gewordn: I pfeif auf den kommerziellen Erfolg mit Allerwelts-Bayernfilme; i will einen wirklich guten Film machen; des Drehbuch is so gut wie fertig. Und i möcht gern, dass da Ferdl mitspielt.«

Kisterer erntet zunächst skeptisch hochgezogene Augenbrauen bei seinem Gegenüber, dann schaut Maria nachdenklich zum Fenster hinaus; das Zucken um ihre Mundwinkel, das in ein In-sich-Hineinlächeln mündet, entgeht dem Regisseur. Sie schaut ihn wieder ernst an und fragt in Geschäftston:

»Und wie soll des Ganze ausschauen? Welche Rolle spielt er? Muaß er weg von uns und wie lang? Er braucht a Vertrauensperson um sich rum.«

»Du bist einverstanden?« fragt Kisterer überrascht; er hatte sich auf eine schwierige Überzeugungsarbeit eingestellt.

»Ja. Aber i hab meine Bedingungen. Auf keinen Fall darf dem Ferdl was passiern«!

»Da kannst du dir sicher sein, dass i den Ferdl auf keinen Fall überforder. Und freilich is des Ganze ned umsonst. Er hod mit eine Hauptrolln und i sorg dafür, dass a vernünftige Gage rausspringt.«

Maria Schloher hat Kisterers Worten aufmerksam gelauscht und meint: »Des Ganze möcht i natürlich mit meinem Mann besprechen, bevor i zusag. Und es gibt ja auch a ganze Menge zu klären.« Nach einer kurzen Pause: »Auch was, was mir jetzt im Moment, so auf die Schnelle noch gar ned einfällt.«

»Ja, klar, natürlich. Der Film spielt im Winter, also haben wir noch genügend Zeit.«

Kisterer holt nach erfolgreicher Arbeit sein Zigarillo-Etui aus seinem Sakko und nimmt eines heraus. Dann stutzt er kurz und schaut Maria fragend an. Die steht auf, holt einen Aschenbecher und öffnet das Küchenfenster. Sie sieht ihre beiden Jüngsten, Irmi und Benjamin, an Kisterers MG herumturnen.

»Und wie geht des jetzt weiter?«

Der Regisseur kramt eine Visitenkarte aus der anderen Sakkotasche hervor und legt sie auf den Tisch.

»Mit dem Produzenten bin i einig; der Film wird also gmacht. Wegen der Einzelheiten würd i vorschlagen, rufst du mi an, wenn du mit deinem Mann gesprochen hast und wenn du weißt, was du in dem Vertrag haben möchtest. Dann machen wir einen Termin mit dem ganzen Gedöns vo Rechtsanwalt, Produzent und so.« Kisterer zieht zufrieden an seinem Zigarillo und fügt gönnerhaft hinzu:

»Und wenn die Herren sparen wollen von wegen Laiendarsteller, dann leg i selber was drauf. Versprochen.«

Maria Schloher kommt zum Tisch zurück und steckt die Visitenkarte ein: »Bis wann muaßt Bescheid wissen?«

»Die nächsten zwei, drei Wochen - wenn des in Ordnung ist für di.«

Maria nickt.

Kisterer fragt: »Wo ist der Ferdl eigentlich? I würd ihn gern kennenlernen.«

»Der is bestimmt in seinem Waldmuseum beim Eingraben von seine Fundstücke. Da darf ihn keiner stören.«

Kisterer hat keine Ahnung, was Maria damit meint, fragt aber nicht nach. Er steht auf und zeigt sich aufbruchsbereit. Maria Schloher begleitet ihn hinaus. Kaum vor der Haustüre, ertönt mehrfaches Hupen von Kisterers MG: Irmi und Benjamin sitzen lachend und kreischend in dem Sportwagen und drücken alle Knöpfe und Hebel, die sich bewegen lassen.

Sofort legt Kisterer ein, zwei erboste Spurtschritte hin zu seinem geliebten Oldtimer, um die lieben Kleinen zu verscheuchen. Aber er stoppt und dreht sich innerlich angefressen, aber äußerlich gequält lächelnd zu Maria um: »Deine zwei Jüngsten? - Die sind recht aufgeweckt.«

Er geht weiter zu seinem Auto. Die Mutter grinst und ruft Irmi und Benjamin zur Ordnung. Die beiden Kinder klettern aus dem Wagen und laufen lachend zur Werkstatt. Kisterer bemerkt sofort die Abdrücke von Kinderschuhen nebst Erdkrümeln auf den Ledersitzen. Seinen Ärger schluckt er hinunter: Bloß jetzt nicht mit einer unbedachten Bemerkung sein Filmprojekt in Gefahr bringen! Er versucht, Maria zum Abschied versöhnlich zu umarmen; die tritt einen kleinen Schritt zurück und streckt stattdessen ihre Hand zum Gruß.

Der Regisseur ergreift sie: »Also, danke dir noch mal ganz riesig! Wirst sehen, der Film wird für den Ferdl und dich ein Gewinn sein; für die ganze Familie.«

Kisterer öffnet die Fahrertür und wischt ein paar Erdkrümel vom Sitz, bevor er sich ans Steuer setzt. Den Zündschlüssel schon im Schloss fügt er hinzu: »Und wenn was is: Du kannst mich jederzeit, Tag und Nacht, anrufen.«

Der Motor des MG heult auf. Bevor er vom Grundstück prescht, hebt Kisterer die Hand ein letztes Mal zu einem stummen Gruß. Mit einem breiten Grinsen schaut Maria ihrem Wohltäter nach, als Walter Schloher aus der Werkstatt kommt:

»Wer war denn des? Die Kinder sind ganz aufgregt wegn einem tollen Auto.«

»Ein alter Bekannter«, Maria zwinkert ihrem Mann zu, »ein sehr alter Bekannter. Aber des erzähl ich dir später, bei einer gutn Flaschn Wein.«

Walter Schloher schaut fragend, gibt sich aber mit der Antwort zufrieden. Die nicht ganz einfache Vergangenheit seiner Frau kennt er, sie hat nie einen Hehl daraus gemacht. Und er weiß nach fast zwanzig Jahren Ehe mit einer starken Frau, dass Nachbohren nichts bringt.

Das letzte gemeinsame Mittagessen der Castingleute im Halfinger Hof. Die einzigen, richtig gut Gelaunten in der Tischrunde sind der Kameramann Prechting und der Regisseur Kisterer: Ersterer, weil er der Initialzünder war für die Kehrtwendung Kisterers zu etwas viel Besserem als dem ursprünglichen Zelluloid-Schmarrn und Zweiterer, weil er überraschend problemlos die Weichen zur Verpflichtung seines Wunschkandidaten stellen konnte. Die beiden grinsen sich in der stummen Runde immer wieder in gemeinsamer Zufriedenheit an. Bis die Castingleiterin Kempin unvermittelt ihr Besteck auf ihren Teller schmeißt und die Wortlosigkeit am Tisch jäh beendet:

»Ja! Ja! Ihr habt gut lachen! Der Herr Kameramann sitzt gemütlich zum zweiten Frühstück auf dem Balkon und der Herr Regisseur brettert durch die Landschaft und macht einen Freundschaftsbesuch! Was glaubt ihr, was hier am Vormittag los war? - Wenn ich ihn«, sie deutet auf den Praktikanten, »nicht gehabt hätte, dann... » Sie macht eine Bewegung des Halsabschneidens.

Der blasse Praktikant nimmt das ungewohnte Lob gerne auf und hebt seinen lebensgefährlichen Einsatz hervor: »Ich habe nämlich die dreißig Typen angerufen und ihnen gesagt, dass sie nicht genommen worden sind. Was glaubt ihr, was mich da Manche alles genannt haben?« Er schiebt sich ein Stück Schweinebraten in den Mund und fügt kauend hinzu: »Einer, das war so ein Metzgertyp, der hat gemeint, ich brauche mich nicht warm anziehen, weil Hackfleisch muss kühl gelagert werden.«

Sein mitleidheischender Blick in die Runde bleibt unbeantwortet. Stattdessen fragt Kisterer seine Castingleiterin: »Hast du die Pressemeldung rausgegeben?«

»Ja. Hoffen wir mal, dass sich die dreißig Verschmähten nicht alle untereinander kennen. Sonst kommt raus, dass wir überhaupt keinen von ihnen nehmen. Das dürfte keine so gute Presse geben. Und ich kann auch nur hoffen, dass deine Maria keinen Rückzieher macht. Ich habe zwar den Text wegen dem Dings, diesem Ferdinand, im Konjunktiv gehalten. Aber...«

Kisterer beruhigt: »Wenn Maria sagt, sie is einverstanden, dann gilt des auch. Und die Verhandlungen wegen dem ganzen Drumherum - dafür haben wir doch erfahrene Leut.« Er zündet sich selbstzufrieden ein Zigarillo an: »Da seh i keine Probleme; Maria is ein integrer Mensch.«

Er winkt die Kellnerin heran und bestellt zwei Flaschen Champagner. Die Runde schließt ihren Casting-Parcour in gehobener Laune ab. Am selben frühen Abend rückt ein kleiner Lastwagen an, um die diversen Fresskörbe, Speckseiten, geräucherten Forellen und Obstkörbe an die zu liefern, die sich wirklich darüber freuen. Prechting stapelt derweil die Weine und Selbstgebrannten in die Privatautos des Teams. Autotüren klappern, Motoren springen an; der Parkplatz des Halfinger Hofs leert sich.

Halfing kehrt in seinen Normalzustand zurück – beinahe: Schon am folgenden Montag setzt eine Notiz im Chiemgauer Boten der Enttäuschung der abgewiesenen Castingteilnehmer die Dornenkrone auf und sorgt für neuen Gesprächsstoff:

»EIN HALFINGER WIRD FILMSTAR!

Wie bereits berichtet, suchte der Halfinger Regisseur Johannes Kisterer am vergangenen Wochenende bei einem Casting zwei Darsteller für seinen neuen Film. Und ein Halfinger hat es tatsächlich geschafft! Der Clou: Er hat gar nicht am Casting teilgenommen, sondern wurde - fast wie in einem Hollywood-Märchen - per Zufall entdeckt. Und the winner is - Ferdinand Schloher! Die Dreharbeiten sollen bereits in diesem Winter im Chiemgau beginnen...«

Weininger senior zerriss wütend seine ausgefeilten Strategiepapiere, betreffend die professionelle Planung der Filmkarriere seines Sohnes. Und überhaupt: Was hat denn diese unterbelichteten Filmleute geritten, einen geistig Behinderten zu nehmen? Der bayerische Junior-Siegfried hingegen behielt einen kühlen Geschäftskopf: Das Filmteam braucht doch schließlich was zum Essen! Eins-A-Fleischprodukte aus der Region! Einen qualitativ passenden Bäcker bräuchte man halt noch...

Bei den Bäckersleuten Bradl kam man auf den gleichen Gedanken, auch wenn nackerte Semmeln und Brezen kein überzeugendes Cateringkonzept darstellen. Aber in diesem Fall könnte man ja die Feindschaft mit den Weiningers aussetzen und sich in beiderseitigem Nutzen zusammentun...

Der November ist eingezogen in den Chiemgau, verwandelt ihn in eine Märchenwelt: mit Reif behangene Äste, gezuckerte Grashalme; der dunkelgraue, glatte Chiemsee: tief, undurchschaubar, still. Ihn fröstelt.

Genau so wie die durcheinander wuselnden, mit lauten Kommandotönen von Kisterer dirigier-

ten Filmleute und Schauspieler. Es wird am Südufer des Sees gedreht; Ferdinand soll am schilfbewachsenen Ufer hin- und herlaufen und dabei aufgeregt ausschauen. Die Szene, wie auch manch andere zuvor mit dem Hauptdarsteller, braucht seine
Zeit, bis sie zu Kisterers Zufriedenheit im Kasten
ist.

Mutter Schloher sitzt neben dem Regisseur, in
eine Wolldecke gehüllt, und gibt Acht, dass ihr
Sohn nicht überfordert wird. Sie hat sich in den
Vertragsgesprächen als überraschend harte Verhandlungspartnerin gezeigt. Das brachte Kisterer
harsche Kritik vom Produzenten ein von wegen,
der Laiendarsteller sei billig zu haben.

Die Szene ist abgedreht, Ferdinand läuft zu seiner Mutter, die ihm sogleich einen dicken Anorak
anzieht und ihm die Hände warmrubbelt.

Ferdinand hüpft aufgeregt von einem Fuß auf
den anderen, seine Augen leuchten: »Ferdinand
war gut! Richtig gut! Caa-sting!« Dann reckt er
den Kopf und schnuppert in Richtung des Verpflegungswagens: »Mmh! Mmh! Leberkäs, Schnitzel!«

Er marschiert unvermittelt los. Am Cateringwagen lässt er sich für den ersten Hunger von
Weininger junior eine kapitale Scheibe Leberkäs
auf einen Teller legen und von Roswitha Bradl
eine resche Brezn dazu.

München, Mitte Januar. Nach der Premiere
seines Films »Hetzjagd« steht Kisterer, umringt
von Blitzlichtern und Mikrofonen im Foyer des
größten Münchner Kinos. Die Pressesprecherin
der Produktionsfirma versucht das Chaos zu ord

nen, hat aber keine Chance; die Fragen prasseln durcheinander auf Kisterer ein:

»War es nicht sehr gewagt, einen beeinträchtigen Darsteller für eine der Hauptrollen zu engagieren?«

»Können Sie etwas zu den Dreharbeiten sagen?«

»Was war zuerst da? Der Stoff oder der Hauptdarsteller?«

Die Pressesprecherin schafft mit Hilfe von Sicherheitsleuten dem Regisseur denn doch einen Meter Luft zur Pressegruppe und Kisterer spricht:

»Große Schauspielernamen waren nie ausschlaggebend bei der Frag, mit wem ich meine Filme drehe. Mir geht es um Authentizität.«

»Aber einen Behin ... äh, Beeinträchtigten zu engagieren, könnte nach Ausnutzen...«

Kisterer ist vorbereitet und unterbricht den Reporter: »Nein, ganz im Gegenteil. Die Mutter von Ferdinand Schloher ist eine langjährige Freundin von mir. Wir haben lange über die Dreharbeiten gesprochen, was getan werden muss und unter allen Umständen vermieden werden muss, dass Ferdinand überfordert wird. Und wer Ferdinand bei den Dreharbeiten erlebt hat: seine Freude, seine Begeisterung! Da kann von Ausnutzen wirklich keine Rede sein.«

Ein anderer Journalist fragt: »Wie liefen denn die Dreharbeiten mit Ferdinand?«

Der Regisseur schaut kurz auf den Boden; sein ärgerlich verzogenes Gesicht in Erinnerung an die unzählig wiederholten Einstellungen ist nicht für die Öffentlichkeit bestimmt. Er schaut mit einem Ruck wieder hoch und gibt sich jovial:

»Nun ja, was glauben Sie, was ich mit professionellen Schauspielern schon alles erlebt habe?« Kisterer schaut wissend gen Himmel. »Natürlich brauchte es bei manchen Einstellungen etwas länger, bis wir sie im Kasten hatten.«

»Und was wird aus Ferdinand Schloher, wenn das Interesse erst mal vorbei ist?«

»Da sprechen Sie ein wichtiges Thema an und eines, das mir sehr am Herzen liegt: Durch die Mitwirkung Ferdinands in meinem Film kann es sich die Familie endlich leisten, ihn in einer erstklassigen Einrichtung unterzubringen, wo er optimal gefördert wird.«

»Werden Sie ihn noch mal besetzen?«

»Wenn ich das richtige Drehbuch bekomme - warum nicht?«

Kisterer winkt sich verabschiedend in die Runde und geht, ständig zu beiden Seiten grüßend aus dem Kinofoyer. Prechting wartet draußen schon, an seinen verrosteten Honda gelehnt:

»Na endlich! Was hasse ich dieses aufgeblasene, dämliche Premierengesocks! Komm«, er öffnet die Beifahrertür, »lass uns in Ruhe ordentlich Einen heben gehen.« Kisterer hebt einen Daumen und steigt ein. Prechting läßt den Motor an, der stotternd anspringt.

»Und? Sei ehrlich: Ist Ferdinand von dir?«

Kisterer schaut seinen Kameramann von der Seite an: »Wenn es so wär, dann hätt i ihn nie mitspielen lassen.«

Ferdinand Schloher ist im Frühjahr wie eh und je mit seinem Leiterwagen auf Sammeltour. Der ganze Hype um den Film und sein Schauspieldebüt hat ihn nicht wirklich erreicht. Innerlich. Aber seit seiner Heimkehr im Januar hat er ein Luxusproblem: Er bringt die plötzlich wie von Zauberhand überall in Halfing herumstehenden Sachen in seinem Leiterwagen kaum mehr unter. Bei vielen Fundstücken hängt ein Zettel dran mit guten Wünschen für ihn. Und noch nie haben ihn so viele Leute im Ort direkt angesprochen und ihm von sich aus Stücke mitgegeben.

In seinem Waldmuseum werden die freie Plätze immer knapper. Manch belegte Grube muss er wieder öffnen und zusätzlich bestücken. Er hat noch nicht wirklich realisiert, dass sich sein Leben sehr bald grundlegend ändern wird. Auch wenn ihm seine Mutter das immer wieder behutsam zu erklären versuchte.

Vater Schloher kommt auch ins Schwitzen: Seit den Berichten über den Film und der außerordentlichen schauspielerischen Leistung seines Stiefsohns ist im Chiemgau ein Mangel an Möbeln ausgebrochen. Der Schreinermeister kann sich vor Aufträgen kaum retten und suchte über eine Stellenanzeige im Chiemgauer Boten zwei Gesellen.

Mai in Halfing, ein Jahr nach dem Casting; vier Monate nach dem fulminanten Erfolg von ‚Hetzjagd‘. Der Hype um den Film hat nur ein paar Wochen gedauert. Nach und nach hat sich die Berichterstattung im Regionalfernsehen und im Chiemgauer Boten wieder den kleinen, provinziellen Themen zugewandt. Bei den Schlohers geht alles seinen fast alten Gang: Ein neu angestellter Geselle von zweien ist noch da.

Ferdinand ist nicht mehr da. Die Fahrt nach Rosenheim ins Haus Wachfeld, sein Domizil für die nächsten zwei Jahre, verlief noch harmonisch: Ferdinand liebt Autofahren. Aber der Abschied von den Eltern und seinen Geschwistern war herzzerreißend. Doch schon nach einer Woche kam eine Karte in der Krakelschrift Ferdinands: »Gud hier. Gefält mir. Habe schon fiele Sachen gefunden.«

In der weitläufigen Grünanlage von Haus Wachfeld herrscht reges Treiben in den ersten richtig wärmenden Sonnenstrahlen des Maiendes. Gelächter, Stimmengewirr, Federbälle schwirren, das Klacken von Krocketspielen. Dazwischen in dunkelgrüne Jeans und hellgelbe Oberteile gekleidetes Betreuungspersonal. Man legt Wert darauf, keine Krankenanstalt zu sein und keine Patienten zu beherbergen, sondern Bewohner.

Etwas abseits versuchen geschmackvoll angelegte Baumgruppen mit Zierbüschen die dicke Anstaltsmauer zu verbergen.

In dem angedeuteten Wald tun sich seltsame Dinge: Ein schlaksiger, junger Mann mit geflochtenem Lederstirnband gräbt mit einem Schöpflöffel aus der Kantine bei einer Blautanne. Er beschaut die Grube prüfend, nimmt sodann von einem angerosteten, medizinischen Instrumentenwagen eine Nierenschale und legt sie in ihr zukünftiges Daheim.

Ferdinand macht ein weiteres Kreuz auf dem Plan seines neuen Waldmuseums mit einem feixenden »Caaa-sting. Ferdinand ist guuut!«

Ein himmlischer Rechtsanwalt

Die milde Maisonne taucht an diesem Nachmittag den Platz vor dem Wirtshaus ‚Zum goldenen Schwan‘ in Bad Tölz in ein strahlendes, lebendiges Licht. Immer mehr Menschen tröpfeln aus der Gaststätte und sammeln sich davor.

»Mei, Luise, dank dir; eine schöne Leich war's!«

Luise Brummeder, die Witwe des seit ein paar Stunden in Heimaterde ewig ruhenden Rechtsanwalts Alfons Brummeder schüttelt die Hand des alten Freundes und nickt stumm.

Ein anderer Spezi des hingegangenen, stadtbekannten Advokats gibt der Witwe noch ein paar tröstende Worte mit: »Weißt, Luiserl, da, wo da Fonsi jetz is, hat er es bestimmt schön. Und so furchtbar sein plötzlicher Tod für uns alle is: Ihm hätt nix Besseres passieren können; er hat wenigstens ned leiden müssen«.

Frau Brummeder legt ihre Hand auf die des Freundes: »Ja, des is wahr. Aber mit ned amal sechzig Jahr war es einfach zu früh«.

Nach und nach löst sich die Trauergesellschaft auf, die Witwe Brummeder geht allein die Hauptstraße entlang und biegt in eine Seitenstraße. Sie sperrt eine schwere Holztür auf und steigt die enge Stiege in den ersten Stock; in der Kanzlei ihres verstorbenen Gatten möchte sie noch ein wenig sitzen und das vertraute Geruchsmenü von Papier und kaltem Zigarrenrauch einsaugen. Sie rückt das Foto ihrer beider aus glücklichen Tagen auf dem

Schreibtisch zurecht und hält stumme Zwiesprache mit dem für immer Abwesenden.

Ein paar Etagen höher, im Empfangsraum des
Himmels, steht Rechtsanwalt Brummeder, noch in
seinem Beerdigungsanzug und darf vor der Begrüßungszeremonie einen Blick in seine Kanzlei werfen. Ergriffen und stolz zugleich beobachtet er die
Trauer seiner nunmehrigen Witwe. Er tippt einem neben ihm stehenden Empfangsengel an,
deutet durch das Wolkenloch nach unten und
meint:

»Da, schau! Siehst, wie meine Frau um mi trauert? Mei, is des schön! Mei Luiserl.«

Er räuspert sich nach Aufmerksamkeit heischend und wächst ein paar Zentimeter. Einer der
Empfangsengel reißt ihn aus seinen Gedanken
und weist ihm den Weg zur Kleiderkammer, wo
Brummeder sein weißes Engelskleid erhält. Und
wie von Geisterhand wächst ihm gleich danach ein
Paar kapitaler Flügel, die er sofort ausprobiert und
ein wenig abhebt. Er schaut sich um und auch die
anderen Neuankömmlinge flattern ganz selbstverständlich herum.

Als ehemaliger Anwalt für Verkehrsrecht stellt
sich ihm sofort eine Frage und er spricht einen der
Kleiderausgabe-Engel an: »Brauch i für die Flügel
keinen Flugschein oder irgendeine Genehmigung?
Oder wenigstens a paar Flugstunden?«

Der angesprochene Engel schaut erst verwundert Brummeder, dann hilfesuchend seinen Kollegen an. Letzterer lächelt milde und klärt den Tölzer Anwaltsengel auf:

»Mein Bruder, von heute an leiten dich Liebe und gegenseitige Rücksichtnahme. Es wird dir und anderen nichts geschehen«.

Brummeder schaut den etwas bläßlichen Engel zweifelnd an und folgt der Gruppe der Neuen in den Audienzsaal. Am Stirnende des strahlend leuchtenden Saals steht Petrus an einem Rednerpult und begrüßt die Frischlinge. Als Brummeder an die Reihe kommt, werden seine Verdienste als Anwalt verlesen: sein unerschrockener Einsatz für die Rechte der Armen und Reichen; seine Unbestechlichkeit in der Rechtsfindung zugunsten Gepeinigter und Haftpflichtversicherungen. Und seine großzügigen Konjunkturspritzen für die Tölzer Gastronomie. Er erhält den Namen ‚Advocadius‘ und seine neue Adresse: eine Doppelwolke fast direkt über Bad Tölz.

Brummeder schwebt unter der Führung eines Portiersengels zu seiner neuen Bleibe. Dort wird er von seinem Wolkengenossen erwartet: Mercator. Er schaut recht jung aus, der Tod kann ihn mit höchstens 35 ereilt haben. Mercator begrüßt Brummeder freundlich:

»Grüß dich, Advocadius, willkommen in unserem bescheidenen Reich«. Mercator zeigt seinem neuen Mitbewohner sein neues Zuhause und der Anwalt bemerkt Mercators steifes Knie. Er fragt nach und Mercator kann bei der Antwort seinen Ärger kaum im Zaum halten:

»Das war ein Verkehrsunfall. Ich war nicht schuld, das ist eindeutig festgestellt worden und die gegnerische Versicherung wollte auch Schmerzensgeld bezahlen. Aber so lächerlich wenig, dass ich vor Gericht gegangen bin. Und da hat mich deren gewiefter Anwalt vor Gericht dermaßen zur

Sau…« Mercator stockt bei dem Aussprechen einer
Redewendung, die im Himmel unter dem Edikt
vorbehaltloser Nächstenliebe verboten ist. »Nun
ja, ich wurde über den Tisch gezogen; trotz des
bleibenden steifen Knies«.

»Und wieviel hast du gekriegt?«

»Eintausend.«

Advocadius stemmt empört die Arme in die
Seiten: »Des is ja eine Frechheit - für so einen
Dauerschaden!« Er streckt sich auf dem freien Bett
aus und meint tröstend: »Na ja, jetzt hast du ja
Flügel und brauchst des Knie kaum mehr belasten.
Damit bist d' in deiner Bewegungsfreiheit ned ent-
scheidend eingschränkt.«

Mercator quittiert diese Bemerkung mit verzogenem Mund: Ein ähnlicher Satz ist ihm aus seiner
Gerichtsverhandlung von damals noch gut in Erinnerung.

Advocadius, alias Brummeder, verbringt die
nächsten Tage damit, sich in seiner neuen Umgeb-
ung einzuleben. Außer dem regelmäßigen Hosianna-Singen und Manna-Fassen schiebt er eine ruhi-
ge Kugel. Zwar ist jeder Engel verpflichtet, irgendeine Tätigkeit im Dienst an der Gemeinschaft zu
übernehmen, aber Brummeder hat sich erfolgreich
vor der Wäscherei, der Manna-Ausgabe und der
Flügelfedern-Endkontrolle und vor allen anderen
Jobs für die Neuen drücken können: Es täte ihm
wirklich leid, er würde ja gern, aber er habe es
furchtbar im Kreuz!

Aber allmählich wird ihm langweilig und so
knüpft er beim täglichen Hosianna-Singen und in
der Kantine Kontakte und erteilt manchem Engel

anwaltlichen Rat bei Reibereien mit Kollegen. Das spricht sich schnell herum und die Wolke von Brummeder wird immer mehr zur Kanzleiwolke. Um den wachsenden Ansturm zu bewältigen, hat er seinen Mitbewohner Mercator als Kanzleihilfe eingespannt.

Neben seiner Anwaltstätigkeit beginnt Brummeder außerdem mit der Ausarbeitung einer Engelsverkehrsordnung, kurz: EngVO. Der gänzlich ungeregelte Flugverkehr ist ihm nämlich ein Dorn im Auge, vor allem weil er nicht nur einmal von jugendlichen Flatter-Rowdies aufs Gemeinste geschnitten worden ist. Für seine deftigen Flüche und Beschimpfungen der Übeltäter hat er mittlerweile ein ansehnliches Konto an Minuspunkten, und die könnten ihm die Zulassung zur Ausbildung als Schutzengel kosten; einem äußerst begehrten Amt.

Nach ein paar Wochen hat er sein recht umfangreiches Werk vollendet und an die Chefetage mit der Bitte um einen Besprechungstermin geschickt. Eine Woche später überbringt ihm ein Botenengel einen Brief von Petrus. Brummeder öffnet ihn gespannt und liest:

»Deinen Verbesserungsvorschlag haben wir mit Interesse zur Kenntnis genommen und erwarten dich am Mittwoch zur Besprechung desselben.«

Brummeder lächelt zufrieden. Er geht in Gedanken nochmals seine Argumentationsketten für seinen morgigen großen Auftritt durch und klappt erst weit nach Mitternacht seine Flügel zum Schlafengehen ein.

Mittwochmittag: Brummeder klemmt sich die Kopie seiner EngVO, die Mercator in schweißtreibender Schreibarbeit gefertigt hat, unter den Arm, um zu seinem Termin zu fliegen. Er fragt Mercator: »I bin mal für zwei Stunden oder so weg. Wos hab i heut noch für Termine?«

Mercator schaut in den Kalender und liest: »Um zwei kommt Aurelius wegen einer gestohlenen Harfenseite und um drei Winniel wegen eines Antrags auf eine größere Wolke.«

Brummeder nickt zufrieden und fliegt dann in Richtung Himmelsvorstand davon. Als er am Empfang steht, wuchtet er sein Werk auf den Tresen, legt einen Unterarm lässig darauf und sagt etwas herablassend zu dem Empfangsengel: »Advocadius. I hab einen Termin«.

Der Empfangsengel blättert in einem großen Buch und macht einen Haken an Brummeders Namen. Er deutet in Richtung Audienzsaal.

»In Ordnung. Du kannst gleich durchfliegen«.

Brummeder schwebt durch die sich ihm öffnende schwere Tür und weiter zu dem riesigen, goldenen Schreibtisch von Petrus. Der winkt ihn heran und bedeutet ihm, in dem Besuchersessel ihm gegenüber Platz zu nehmen. Brummeder setzt sich umständlich hin und raschelt geschäftig in seinem Papierstapel.

Petrus schlägt *sein* Exemplar des ‚Entwurfs einer Engelsverkehrsordnung nebst Durchführungs- und Prüfungsverordnung zur Erlangung der Flugtüchtigkeit unter besonderer Berücksichtigung des dreidimensionalen Verkehrsraums‘ an einer Stelle ziemlich weit vorne auf. Dann greift er zu einem kleinen Heft, schlägt es ebenfalls auf und überfliegt ein paar Seiten. Er mustert Brummeder kurz aber eindringlich von oben bis unten und sagt dann:

»Wie ich aus deinem Personalheft sehe, fällt es dir noch etwas schwer, dich von der irdischen Ordnung zu lösen und in die himmlische einzufügen.«

Brummeder hebt fragend die Augenbrauen und Petrus fährt fort: »Bei uns hier oben herrscht ein brüderlicher Umgang miteinander, getragen vom Verzeihen kleiner Läßlichkeiten und vorbehaltloser Nächstenliebe. Die egomanischen Empfindlichkeiten des Irdischen kennen wir hier nicht.«

Brummeder ahnt, worauf Petrus anspielt und will ihm zuvorkommen, in gepflegtem Hochdeutsch: »Der Begriff der Empfindlichkeit ist subjektiv und daher entziehen sich deren Folgen einer objektiven Bewertung.«

»Aber selbst du, Advocadius, wirst aus deinem Anwaltsdasein die Begriffe der Abwägung und Verhältnismäßigkeit der Mittel kennen.«

Diese Bemerkung überrascht Brummeder etwas, hat er doch damit gerechnet, in Petrus einen juristischen Laien vor sich und damit leichtes Spiel zu haben. Aber die Überraschung ist nur kurz, denn Brummeder kontert sogleich: »Sicher. Aber diese Begriffe sind hier im besten Fall philosophisch aber nicht bindend anwendbar, denn letzteres setzt das Vorhandensein einschlägiger Rechtsvorschriften als Vergleichsgröße voraus. Leider bewegen wir uns hier oben aber in einem rechtsfreien Raum. Das ist ja gerade der Grund für meinen Verbesserungsvorschlag: Rechtssicherheit zu schaffen, wenigstens im täglichen Flugverkehr.«

Brummeder hat sich in Fahrt geredet und erhebt sich aus seinem Sessel, um seinen weiteren Ausführungen nicht nur verbal, sondern auch körperlich angemessen Ausdruck zu verleihen. Aber bevor er weiterreden kann, unterbricht ihn Petrus mit ein paar Zitaten aus dem Personalheft:

»Beschwerde von Salvator: ,Wurde mit erhobener Faust als testosterongesteuerter Flattermacho beschimpft‘. Oder Barolus: ,Advocadius nannte mich einen Möchtegern-Kamikaze, der sein flügellahmes Dasein als Turbo-Motte kompensiert.‘ Oder Veritator: ,Advocadius bezeichnete mich als Wolkensau, der das Hirn in die Federn gerutscht ist‘. Von den Flüchen allgemeiner Art ganz zu schweigen!«

Petrus schaut den Entlarvten eindringlich an, aber Brummeder lässt sich nicht beeindrucken:

»Das könnte man auch als Notwehr werten. Und wenn wir schon von der ,Verhältnismäßigkeit der Mittel‘ reden: Normalerweise hätte ich denen eine geschmiert! Weil der rechtsfreie Raum lädt einen eben gerade dazu ein. Und außerdem«, er stellt seinen linken Fuß auf den Besuchersessel und hebt sein Engelskleid soweit an, dass man sein Bein bis zum Knie sieht. Er deutet wortlos auf einen oberflächlichen Kratzer an seiner Wade. Dann schiebt er einen Ärmel hoch und zeigt auf einen kleinen bläulichen Flecken an seinem Oberarm:

»Angesichts dieser Entstellungen klingt das Wort ,Abwägung‘ wie blanker Hohn! Vor allem wenn wir davon ausgehen, dass wir alle hier droben ewig leben«, Brummeder ordnet seine Kleidung, setzt sich wieder betont aufrecht hin und fährt fort, »dann summieren sich solche jetzt noch kleinen Verletzungen in ein paar hundert Jahren zu einer massiven Körperverletzung mit Dauerschaden.«

Petrus schnauft in einer Mischung aus Verzweiflung und Hilflosigkeit durch und legt das Personalheft zur Seite. Er liest aus dem Entwurf der EngVO vor:

»Um eine Personenfeststellung im Schadensfall zu ermöglichen, hat sich jeder Verkehrsteilnehmer zweifelsfrei auszuweisen. Dies erfolgt durch an der Körpervorder- und an der Körperrückseite angebrachte Nummernschilder. Eine noch einzurichtende zentrale Vergabestelle - das Luftfahrtengelsamt, kurz: LEA - vergibt die entsprechenden Nummern und verwaltet alle Verkehrsteilnehmer.« Nach einer kurzen Pause fragt Petrus nach: »Wie darf ich mir das in der Praxis vorstellen? Sollen sich die Engel Schilder auf ihre Gewänder pappen?«

Brummeder nickt: »Zum Beispiel. Oder sie hängen sie sich an einer Kette um den Hals. Die Nummernschilder hätten außerdem den Vorteil, dass falsche Verdächtigungen und bewusste Denunziationen ausgeschlossen wären, denn jeder Engel ist ja anhand seines Schildes eindeutig identifizierbar.«

Mit dieser Erläuterung erntet der Anwaltsengel ein verständnisloses Kopfschütteln und Petrus schlägt ein weiteres Kapitel der EngVO auf:

»Du willst außerdem Bußgelder einführen. Zum Beispiel für Überholen im Überholverbot: 20 Harfen putzen. Oder bei Überschreitung der Höchstgeschwindigkeit bis zu 20 km/h: 10 Engelshemden von Hand nähen; über 20 km/h Arrest und Strafpunkte in der Verkehrssünderdatei.«

Petrus schlägt das revolutionäre Werk zu und beugt sich vor. Dann sagt er eindringlich zu Brummeder: »Seit Menschengedenken leben wir hier in Frieden und Harmonie zusammen. Das Wunderbare am Himmel ist ja gerade, dass man hier ohne die irdischen Einschränkungen und Zwänge oder gar Strafen wandeln kann. Warum also sollten wir deinen Verbesserungsvorschlag gutheißen? Legt er doch die Saat genau jenes Vergeltungsdenkens und Rechthaben-Wollens, das im irdischen Dasein Unglück über die Menschen bringt.«

Brummeder hat still zugehört; so ganz ist Petrus' Argument unter psychologischen und gruppendynamischen Gesichtspunkten nicht von der Hand zu weisen, aber der künftige Staranwalt des Himmels hat noch einen Trumpf im Ärmel:

»Man könnte aber auch die Vermutung in den Raum stellen, dass es da heroben bis jetzt bloß deswegen so gut funktioniert hat, weil sich keiner was sagen traut. Und zwar, weil er keinen hat, der seine Interessen wahrnimmt und schützt. Da ist der Unterschied zum früheren Leben gar nicht so groß: Drunten muss man sich alles gefallen lassen, wenn man sich keinen Anwalt leisten kann und hier, weil es überhaupt keinen gibt.«

Brummeder hat sich mitten im letzten Satz erhoben und will im Stehen weitersprechen, aber Petrus deutet energisch, beinahe befehlend auf den Sessel: *Eine* Demonstration körperlicher Argumentationstechnik hat Petrus gereicht. Mit einem kurzen Mundverziehen setzt sich Brummeder wieder hin und meint abschließend:

»Das könnte man natürlich als Regimekritik werten, aber so ist es nicht gemeint. Mir geht es einzig und allein um die Schaffung einiger verlässlicher, unumstößlicher Säulen, an die sich gerade die Schwächeren unter uns lehnen können; in der Gewissheit, dass diese Säulen für alle, vom Vorstand bis zum letzten Latrinenengel, in gleicher Weise gelten.«

Ob seines Finales hochzufrieden lehnt sich Brummeder entspannt zurück. Denn dass sein Chef diesem Argument noch etwas entgegenzusetzen hat, hält er für ziemlich ausgeschlossen. Petrus entlässt den Himmelsverbesserer denn auch mit einem unverbindlichen Allgemeinplatz:

»Dass du dich so für Gerechtigkeit und Hilfe für Beladene einsetzt, ehrt dich, Advocadius. Wenn auch einige deiner Ansätze nicht unbedingt mit unserer Ordnung konform sind, so werden wir Deine Vorschläge eingehend prüfen. Du hörst von uns«.

Petrus erhebt sich und verabschiedet Brummeder noch mit einem letzten Satz, dessen warnender Unterton unüberhörbar ist: »Deine Kanzleiwolke läuft recht gut, wie ich höre?«

Der Himmelsanwalt stutzt kurz und meint dann etwas schnippisch: »Besser, als Mancher es für möglich hält.«

Brummeder fliegt aus Petrus' Büro und beeilt sich, zu seiner Kanzlei zu kommen: Der nächste Klient wird dort in Kürze einfliegen.

Kaum ist Brummeder daheim angekommen, flattert Aurelius in respektvoller Distanz vor der Kanzleiwolke auf der Stelle und winkt kurz; er hat seine Harfe dabei. Brummeder winkt ihn heran und Aurelius, ein altgedienter Engel, setzt sich an den kleinen Schreibtisch aus kompakten Gewitterwolken, seine Harfe neben sich abstellend.

Der Himmelsanwalt nimmt Papier und Stift zur Hand und fragt den Klienten: »Wie is des jetz mit der Harfenseite?«

Der zart gebaute Aurelius spricht zunächst ein wenig stockend; im Himmel vor einem Anwalt zu sitzen, ist für ihn eine völlig neue Situation.

»Also... äh ... die hohe G-Saite ist weg«. Aurelius zeigt auf eine Lücke in der Harfenbesaitung. »Gestern Mittag, als ich in die Kantine geflogen bin, war sie noch da. Und als ich zurückkam ...«

Brummeder will genauere Informationen: »Wohnst Du allein?«

Aurelius nickt.

»Hat jemand mit dir noch eine Rechnung offen? Es könnte sich bei dem Diebstahl um einen Racheakt handeln.«

Der Angesprochene antwortet entrüstet: »Nein! Niemand ist hier oben jemandes Feind!«

Brummeder schaut den schüchtern wirkenden Aurelius mitleidig wissend an: »Dann wäre dir ja die Saite nicht gestohlen worden.«

Diese Logik stürzt Aurelius in Erklärungsnot. Mit sanfter Stimme sagt er: »Vielleicht hat sie sich auch nur jemand geliehen, weil seine gerissen war. Die Werkstatt macht ja mittags zu.«

»Heute Vormittag war die Werkstatt aber auf, dann hätte dir dieser Jemand die Saite zurückbringen können; hat er aber nicht.«

Diese Klienten waren Brummeder schon zu irdischen Lebzeiten die liebsten: Opfertypen, für die nicht das eigene, von einem Dritten zugefügte Leid im Fokus steht, sondern die Suche nach ent-

lastenden Gründen zugunsten des Täters. Seine
nächste Frage stellt Brummeder denn auch nur der
Vollständigkeit halber:

»Also eine Anzeige gegen Unbekannt?«

Aurelius zögert und Brummeder legt sein No-
tizblatt zur Seite. »Weißt was? Du schaust jetzt auf
deiner Wolke noch mal genau nach. Vielleicht
hast du de Saitn zum Putzen rausgschraubt, irgendwo hinglegt und weißt nimmer, wo.«

Der Klienten-Engel nickt erleichtert, steht auf
und schwebt mit seiner lückenhaften Harfe von
dannen. Brummeder schaut Mercator kopfschüttelnd an.

Bis zu seinem nächsten Mandanten ist noch
Zeit und Brummeder legt sich entspannungshalber
auf sein Wolkenbett. Aber er hat nicht lange
Ruhe, Mercator fragt ihn ungeduldig:

»Und? Wie war es beim Chef? Was hat er gesagt zu deiner EngVO?«

Der Verfasser wendet kurz den Kopf zu Mercator, dann wieder ab und erzählt fast beiläufig:
»Ja mei. Direkt schlecht is's ned glaufen.«

Mercator hakt nach: »Machen sie es?«

Ob dieser naiven Frage lacht Brummeder kurz
auf und erklärt: »Du weißt doch, wie langsam so
große Organisationen wia da Himmel arbeiten! Bis
de sich entscheiden, wächst dem Teufel ein Heili-
genschein.«

Brummeder döst noch ein halbes Stündchen
und erhebt sich kurz vor drei für seinen nächsten
Mandanten Winniel, ebenfalls einer der Altvorde-
ren. Er flattert Punkt drei winkend heran und
nimmt auf dem Besucherstuhl Platz.

Im Gegensatz zu dem schüchternen Aurelius legt Winniel gleich los, während er einen großen Plan auf dem mächtigen Schreibtisch ausbreitet: »Das ist meine Wolke, meine Möbel habe ich eingezeichnet. Und wie man sieht, muss ich fast immer mit eingezogenen Flügeln stehen, weil ich viel zu wenig Platz auf der Wolke habe. Ich brauche einfach eine größere!«

Der Anwaltsengel besieht sich den akkurat gezeichneten und mit genauen Maßen versehenen Plan und nickt mehrmals zustimmend: »Des is wirklich verdammt eng. Da besteht außerdem die Gefahr, dass du es im Kreuz oder in der Schulter kriegst, wenn du deine Flügel nie richtig entspannen kannst.« Er schaut Winniel lauernd an und fragt: »Merkst du da schon was? Ein Ziehen oder einen krampfartigen Schmerz um die Schultern rum?«

Winniel überlegt kurz: »Ein bisschen. Aber ich hatte in meinem Erdenleben Rheuma; die Schmerzen kommen sicher von daher.«

Auf dem Plan ist ein ziemlich großes Viereck mit der Bezeichnung ‚Voliere‘ eingezeichnet. Brummeder deutet fragend darauf und Winniel klärt ihn auf:

»Ich fange Vögel ein, die zu hoch geflogen sind und Erfrierungen haben. Die päpple ich wieder hoch und lasse sie dann ein bisschen tiefer unter den Wolken wieder frei.« Winniel räuspert sich verlegen: »Mein Hobby nimmt mir natürlich viel Platz auf meiner Wolke weg. - Könntest du mir einen Antrag auf eine größere Wolke formulieren?«

Brummeder blüht innerlich auf: Anträge und Schriftsätze mit gedrechselten Satzgebäuden, hinter denen er die Dürftigkeit mancher seiner Argumente gekonnt vernebelt, sind seine Spezialität. Er nimmt sein Diktiergerät zur Hand, das ihm sein Luiserl ins Grab gelegt hatte und spricht hinein:

»Schmerzen in der Schulter und im oberen Rücken als Folge ständiger angespannter Flügelhaltung; ein Dauerschaden wird unvermeidlich sein.«

Er drückt die Pausentaste und schaut kurz zu Winniel auf: »Da brauchen wir dann eventuell ein ärztliches Attest; musst halt a bisserl jammern beim Arztengel.«

Winniel schaut seinen anwaltlichen Berater entsetzt an und fragt: »Was? Ich soll lügen?«

»Du lügst ja ned! Du hast doch Schmerzen.« Brummeder schaut auf Winniels Plan und sinniert über der eingezeichneten Voliere. Schließlich erklärt er Winniel:

»Wenn wir mit deiner Voliere argumentieren, müssen wir natürlich damit rechnen, dass die Gegenseite sagt, dass des ja dein Hobby ist, also deine Privatsach und koa Grund, dir eine größere Wolke zu gebn.«

Brummeder lehnt sich zurück, spielt betont lässig mit seinem Diktiergerät herum und legt auf einmal los:

»Der Antragsteller betreibt eine Vogel-Rettungsstation und leistet damit einen wertvollen Beitrag zur Bestandserhaltung der irdischen Vogelgattungen, insbesondere der vom Aussterben bedrohten. Diesen aufopfernden Dienst an Gottes Geschöpfen und zur Ergötzung der Erdenbewohner leistet der Antragsteller unentgeltlich und hingebungsvoll, ausschließlich motiviert von seiner Sorge um das Wohlergehen hilfloser und pflegebedürftiger Kreaturen. Aufgrund der derzeit beengten Platzverhältnisse auf der Wolke des Antragsstellers ist das Fortführen seines ehrenhaften Engagements akut gefährdet und dem Antragsteller auf Dauer die Möglichkeit verwehrt, diese besondere Ehrerbietung gegenüber der göttlichen Schöpfung Ausdruck zu verleihen. Unter diesem und dem zuvor erwähnten Aspekt der gesundheitlichen Negativfolgen sind daher alle Voraussetzungen zur Erteilung einer größeren Wohnwolke gegeben.«

Sichtlich zufrieden mit seinem Werk legt der Anwalt das Diktiergerät schwungvoll zur Seite. Der vor ihm sitzende Winniel hat mit offenem Mund zugehört und versteht den Himmel nicht mehr. Er schwankt zwischen Erstaunen über Brummeders Argumentationskunst und dem unguten Gefühl, dass die Sache auch ohne offensichtliches Lügen nicht so ganz sauber ist.

Als Brummeder ihm sagt, der könne das Antragsschreiben am nächsten Vormittag abholen, steht Winniel etwas verunsichert auf, rollt seinen Plan zusammen und hat es sehr eilig, von der Kanzleiwolke zu fliegen.

Mercator hat die ganze Zeit aufmerksam zugehört und funkenartig ist immer wieder der Gedanke aufgeblitzt, seinen neuen Wolkengenossen von irgendwo her zu kennen.

Während der nächsten Wochen herrscht auf der Kanzleiwolke nach wie vor reger Betrieb, was Brummeder darin bestätigt, dass Petrus' Postulat der bedingungslosen Harmonie und duldsamen Nächstenliebe so ganz nicht stimmen kann. Allerdings frequentieren immer mehr altgediente Engel die Kanzlei, die ihre Anliegen recht halbherzig

vorbringen und Brummeders anwaltliches Tätig-
werden dann doch höflich dankend abwehren oder
es durch Sich-Erinnern an eigene Missgeschicke
und Vergesslichkeit unnötig machen.

Aber auch das kennt Brummeder noch aus irdischen Zeiten, dass ältere Menschen eher den Kopf
einziehen und die jüngeren einen Streit nicht
scheuen. Insofern macht er sich um die Zukunft
seiner Himmelskanzlei keine Sorgen. Nur dass er
von der Chefetage bislang nichts mehr zu seinem
Verbesserungsvorschlag gehört hat, wurmt ihn.

An einem späten Vormittag in unmittelbarer
Nähe der Kantine: reger Flugverkehr, alle Engel
auf einmal scheinen unterwegs zu sein; das Mittags-Manna ruft. Terminatus, die himmlische Va-
riante eines Arnold Schwarzenegger und vor kurzer Zeit noch irdischer Porschefahrer, fliegt in flot-
tem Tempo auf einem Nebenweg zur Kantine. An
der letzten Kreuzung biegt er mit ungemindertem
Tempo blindlings in den Hauptweg ein und wird
gleich danach von einem gewaltigen Schlag hinten
links zum Schlingern gebracht. Dank seiner durch-
trainierten Muskelpakete kann er seine Flügel
rasch unter Kontrolle bringen und bremsen. Wut-
entbrannt dreht er sich um und macht als Grund
seiner ungewollten Bremsung den ätherisch schönen Engel Grazilius aus, der schwer atmend und
mit schmerzverzerrtem Gesicht jammernd auf
dem Bauch liegt.

Terminatus prescht auf ihn zu und dreht ihn
auf den Rücken: Das Gesicht des zart gebauten
Grazilius ist mit einem kapitalen blauen Auge und
mit einigen Abschürfungen verziert. Die ver-

schmierte Wimperntusche steigert noch seinen erbarmungswürdigen Anblick. Und auf einer seiner Wangen ist deutlich der Abdruck einer Federspitze zu sehen.

Während sich Grazilius stöhnend aufrappelt und sein rosa Engelsgewand ordnet, prüft Terminatus seine Flügel, so gut es ohne Spiegel geht. Selbst auf den ersten Blick muss Terminatus erkennen, dass die Kollision mit dem Leichtgewicht Grazilius einige seiner kunstvollen Flügel-Tattoos massiv beschädigt hat: Der auftätowierte Porsche ist seinem Markenzeichen auf der Kühlerhaube beraubt und der Maserati darunter kann aufgrund seiner Lackschrammen als Totalschaden gelten!

Grazilius steht wieder auf den Beinen und blinzelt Terminatus mit verzogenem Lächeln an: eine Mischung aus verinnerlichter Güte ob seines langen Aufenthalts in himmlischen Gefilden und echten Schmerzen. Er richtet seine zarte Stimme an Terminatus:

»Ach, mir scheint, dass auch der Engel Wege bisweilen unergründlich sind. So auch deiner, mein Bruder. Er leitete dich in kopfloser Eile ...«

Terminatus hat seine Arme in die Seiten gestemmt und steht breitbeinig als Monument basser Empörung vor seinem Unfallgegner: »Gehts noch? Dir haben sie offensichtlich nicht nur Flügel aufs Kreuz gepappt, sondern Scheuklappen auf die Augen! Und pressiert hat es nicht mir, sondern dir, so wie du mir hinten reingedonnert bist. Mich wundert, dass dir bei der Geschwindigkeit vom Flugwind nicht das Gesicht gefroren ist! Das war ein klassischer Auffahrunfall; da hast du schlechte Karten, das kann ich dir jetzt schon sagen!«

Terminatus rauscht mit wutgerötetem Gesicht in Richtung Kantine davon und ruft dem verdatterten Grazilius noch zu: »Du hörst dann von meinem Anwalt!«

Zurück bleibt ein ramponierter, schmaler Engel mit einem mittlerweile zugeschwollenen Auge, dem der Appetit vergangen ist. Grazilius schwebt langsam in Richtung der nächsten Arztwolke und denkt angestrengt nach, ob es außer Advocadius nicht doch noch einen weiteren Anwaltsengel gibt.

Am nächsten Vormittag flattert Terminatus auf der Kanzleiwolke ein. Für einen richtig schönen Auffahrunfall, wie tags zuvor von Terminatus in der Kantine kurz geschildert, hat Brummeder gerne einen weniger prickelnden Termin verschoben: Den von Veritatus mit einer Anzeige, weil ein Engelskollege beim Hosianna-Singen nicht selbst gesungen, sondern mittels CD-Gerät und Lautsprecher ein Playback eingespielt hat.

Brummeder schaut gerade die Unterschriftsmappe durch, wobei ihm Mercator dienstbeflissen jeweils die Seiten umblättert, und fordert Terminatus zum Platznehmen auf. Die Korrespondenz ist gleich darauf durchgearbeitet und Mercator wird zur Postbearbeitung entlassen.

Der Anwaltsengel legt einen Papierbogen vor sich hin und holt aus der Schublade seines Schreibtisches ein paar Modellengel, um die Unfallsituation anschaulich nachstellen zu können. Er fragt Terminatus: »Also, wie war des jetz genau?«

Terminatus beugt sich vor und nimmt in jede Hand einen Modellengel, Grazilius und ihn darstellend. Da ihn seine Gene mehr mit Muskel- als Geisteskraft versorgt haben, ist er froh, sein Gehirn mit den Spielfiguren entlasten zu können und erläutert kurz:

»So genau kann ich das nicht sagen, weil ich ja hinten keine Augen habe. Ich bin hier langgeflogen und dann nach links abgebogen, direkt zur Kantine.« Terminatus spielt Auffahrunfall mit den Modellfiguren. »Gleich danach hat es einen Schlag von hinten getan und dann ist mir der klapprige Grazilius schon an den Flügeln gepappt.«

Brummeder beschaut sich die dicht hintereinander stehenden Engelsfiguren und zeichnet Flugbahnen dazu: eine breite, die zur Kantine führt und auf der Grazilius flog und eine kleinere, in sie einmündende, die von Terminatus benutzt wurde.

»Wenn de Straße zur Kantine eine Vorfahrtsstraße is, dann schaut's schlecht aus. Dann hast du nämlich Grazilius die Vorfahrt gnommen.«

Terminatus schaut seinen Anwalt kopfschüttelnd an: »Vorfahrtsstraße? So was gibt es hier nicht. Normalerweise passt halt jeder auf, wie und wohin er fliegt. Wir haben als Engel ja erweiterte Sinne.«

Brummeder meint dazu: »Das ist schon mal ned schlecht für uns.«

Terminatus lächelt hämisch, aber Brummeder bringt noch einen Einwand: »Du hättst dich aber vergewissern müssen, dass de Flugbahn frei war, als du in sie einbogen bist.«

Das Lächeln des Porsche-Engels fällt durch die Wolken. Aber Brummeder kennt sich aus: »Hat er dich erwischt, als du gerade beim Abbiegen warst oder als du schon in der Kantinenbahn gflogen bist?«

Sogleich hellt sich Terminatus' Miene wieder auf: »Als ich in der Kantinenbahn flog.«

»Deine Flügel-Tattoos sind aber hauptsächlich links beschädigt, was bedeutet, dass dir Grazilius während deines Abbiegevorgangs hinten reingflogen sein muaß. Des is schlecht.«

Terminatus wird zwischen Siegessicherheit und Ernüchterung hin- und hergeschleudert. Brummeders nächste Bemerkung rückt ihn wieder mehr auf die Siegerseite:

»Aber wer sagt uns, dass Grazilius haargenau hinter dir geflogen ist? Wenn er nur a bisserl nach links versetzt unterwegs war, dann hätten wir eine Erklärung für de Beschädigungen an deinen Flügeln schwerpunktmäßig links. - Gibt's Zeugen für den Unfall?«

Nach kurzem, aber angestrengtem Nachdenken antwortet Terminatus: »Nein, nicht dass ich wüsste.«

Brummeder lehnt sich zurück und hebt beide Hände in die Luft: »Na also, dann ham mas ja! I schreib Grazilius und mach Schadenersatz für deine teilweise zerstörten Tattoos geltend. Was hast du dir als Schmerzensgeld vorgstellt?«

Terminatus überlegt länger, dennoch überfordert mit einer Entscheidung von solcher Tragweite: »Einen Monat lang Manna aufs Zimmer - äh, auf die Wolke.«

Brummeder notiert und fügt an: »Und Farben und Material für's Restaurieren der Tattoos zuzüglich Entgelt für die aufgewendete Arbeitszeit.«

Terminatus nickt grinsend.

Nachdem alles gesagt ist, wird der Klienten-Engel entlassen und Brummeder beginnt sogleich mit dem Diktat eines gepfefferten Anspruchs-schreibens an den veilchenverzierten Grazilius. Als Mercator den Text abschreibt, der einige ihm wohlbekannte Formulierungen enthält, fällt ihm schlagartig wieder ein, woher er seinen Wolkenge-nossen kennt.

Gerade ist der eine Woche krankgeschriebene Grazilius mit seinem Mittags-Manna fertig, als ihm ein Post-Engel einen Brief bringt. Grazilius möchte sein überhöfliches Dankeschön mit einem Lächeln umrahmen, aber die Unfallverletzungen in seinem Gesicht erlauben nicht mehr als eine mitleiderregende Grimasse. Letztere steigert sich zur Fratze, als er den Absender auf dem Kuvert er-blickt: Advocadius.

Grazilius setzt sich in seinen bequemen Cirruswolkensessel und beginnt zu lesen. Nach je-dem Satz versinkt er ein bisschen tiefer in sein flauschiges Sitzmöbel und nach dem Ende der Lektüre starrt er mit offenem Mund in die Ferne - er ist schlicht schockiert. Er hat ja allerhand gehört von anderen Engeln - Klienten und Gegnern -, welche Geschütze Advocadius auffährt und mit welchen Bauerntricks er arbeitet, aber das ist zu viel: Er selbst auf das Schlimmste entstellt, von Schmerzen gepeinigt, seinen Sozialkontakten eine ganze Woche lang entrissen - und dieser Terminatus will ihn wegen ein paar verschramm-ten Schmierereien auf seinen Flügeln vernichten!

Ein paar Minuten schwankt Grazilius zwischen Selbstmitleid, Verzweiflung an der Himmelswelt und Zorn. Letzterer gewinnt schließlich: Grazilius versteckt sein blaues Auge hinter einer schwarzen Sonnenbrille, pudert seine Schrammen leidlich zu und macht sich mit dem Brief auf den Weg zu Petrus.

Am Empfang entwickelt Grazilius ungewohnte Vehemenz: »Ich muss sofort zum Chef. Die Sache duldet keinen Aufschub!«

Der Empfangsengel spielt jedoch nicht mit: »Das geht nicht, die haben gerade eine wichtige Sitzung im kleinen Saal. Da kannst Du nicht einfach reinflattern!« Er schaut die schmale Gestalt mit zusammengekniffenen Augen an und fragt: »Wer bist du überhaupt?«

Grazilius schiebt seine Sonnenbrille etwas nach unten und der Empfangsengel ruft aus: »Ach, unser Crashilius! Du Farbenfroher unter uns Bläßlingen!«

Der so Derbleckte läßt sich von dieser Gemeinheit aber nicht ablenken: »Wo sitzen sie? Im kleinen Sitzungssaal?«

Grazilius wartet die Antwort nicht ab, sondern düst los, mit den Schimpftiraden des Empfangsengels im Rücken. Er stößt die Tür zum Sitzungssaal auf und fliegt direkt zu dem großen Besprechungstisch, an dem der komplette Vorstand und ein paar altgediente Engel angeregt diskutieren. Sie schauen fast gleichzeitig auf den Störenfried und Grazilius macht angesichts der Anwesenheit der Chefriege artig ein paar formvollendete Diener. Dann wedelt er mit dem Brief von Brummeder und überschlägt sich fast:

»Hier! Das geht doch nicht! Advocadius!«

Die Besprechungsteilnehmer schauen sich vielsagend an und Petrus sagt zu Grazilius: »Gaanz ruhig. Gerade darüber reden wir hier. Du kannst deinen Brief zu den anderen in den Korb hinter dir legen. Dann setz dich zu uns«.

Grazilius dreht sich um und sieht eine Art Wäschekorb, randvoll gefüllt mit Briefen - alle von Advocadius. Er legt seinen oben drauf und nimmt am Besprechungstisch Platz.

Petrus setzt die außerordentlich anberaumte Konferenz fort:

»Unser Plan hat insofern Erfolg gezeigt, als wir durch den selbstlosen Einsatz so vieler altgedienter Engel ein genaues Bild der Aktivitäten unseres Advocadius erhalten haben. Ich möchte stellvertretend für all die altgedienten Engel Winniel und Aurelius dafür danken, dass sie sich über unser ehernes Gesetz der Ehrlichkeit und Brüderlichkeit hinweggesetzt haben. Sie alle haben mit ihren fingierten Rechtsfällen ein Maß an Erfindungsreichtum und Kreativität bewiesen, das Belohnung verdient«.

Grazilius schaut ratlos von einem zum anderen, während Petrus fortfährt:

»Wir wollen die gute Absicht von Advocadius nicht in Abrede stellen, aber mit seiner Kanzleiwolke und seiner EngVO bringt er unseren eingespielten Betrieb in einer Weise durcheinander, die sich nicht einmal der Teufel wünschen würde. Das muss aufhören und deshalb steht ein Vorschlag zur Abstimmung: Advocadius wird qua außerordentlicher Genehmigung zum Schutzengel ernannt - trotz seines«, Petrus schmunzelt bei seinen folgenden Worten, »Advocadius würde sagen ‚Vorstrafenregisters‘.«

Allmählich dämmert Grazilius, was sich die Chefetage ausgedacht hatte, um Advocadius trockenzulegen.

Petrus schreitet zur Abstimmung: »Wer für diesen Vorschlag ist, hebe die Hand.«

Alle heben die Hände, auch Grazilius.

»Der Vorschlag wurde einstimmig angenommen. Jetzt ist nur noch die Frage zu klären, wem wir Advocadius als Schutzengel geben?«

Nun schaut nicht nur Grazilius ratlos. Nach quälend langem Schweigen ergreift Gott das Wort, der sich bislang in die Diskussion nicht eingeschaltet hat.

»Verehrte Anwesende, das ist doch ganz einfach: Wir geben ihn seinem Luiserl. Sie hat über 35 Jahre mit ihm zugebracht und sie ist die einzige, die es mit ihm aushält. Und bei ihr können wir sicher sein, dass Advocadius keine Dummheiten macht.«

Die einhellige und begeisterte Zustimmung aller Anwesenden besiegelt die Zukunft des angehenden himmlischen Staranwalts. Die Versammlung löst sich auf und Grazilius fliegt erleichtert nach Hause.

Zwei Tage später wird Advocadius mit einer stilvollen Zeremonie zum Schutzengel ernannt. Bevor er zu seinem Luiserl nach Bad Tölz hinunterfliegt, räumt er seine Kanzleiwolke auf und will sich von Mercator verabschieden. Der möchte aber noch etwas loswerden:

»Ich weiß jetzt, woher ich dich kenne: Du warst der Anwalt, der mich damals vor Gericht«, er hebt die Hände entschuldigend nach oben, »zur Sau gemacht hat.«

Brummeder antwortet: »Also, di hätt i jetz wirklich ned erkannt. Du warst ja ein junger Bursche damals!«

Mercator lacht kurz auf: »Ja. Aber nach dem Urteil war ich ein junger, hinkender Bursche. Aber es hat auch was Gutes: Ich kriege jetzt nämlich ein Paar besonders kräftiger Flügel quasi als Wiedergutmachung, dass ich meine Rachegefühle beherrscht und dir die Flügelfedern nicht einzeln ausgerissen habe.«

Die beiden ehemals irdischen Gegner lachen und Brummeder drückt Mercators Hand: »Nix für ungut, Mercator. Du warst ein spitzenmäßiger Anwaltsgehilfe. So einen hätte ich auf der Erde braucht!«

Brummeder flattert von seiner ehemaligen Kanzleiwolke, winkt Mercator nach und steuert lächelnd nach unten in Richtung Bad Tölz, heim zu seinem Luiserl. Und dann grinst er: Weil ab und zu wird er dem Nachfolger seiner Anwaltskanzlei über die Schulter schauen und ihn in die richtigen Bahnen lenken, ohne dass er es merkt.

Im Himmel ist derweil die gewohnte Harmonie wieder eingekehrt. Die Schließung der himmlischen Anwaltskanzlei wurde anfangs von Manchem bedauert. Aber es gibt Ersatz: Brummeders Aktivitäten haben dazu geführt, dass ein ‚Schlichtungs- und Informationszentrum für himmlische Angelegenheiten unter besonderer Berücksichtigung von Engelsangelegenheiten - kurz: SCHIA -

eingerichtet wurde - unter der Leitung von Mercator.

Brummeders Entwurf einer EngVO ist nach unten an den Teufel gereicht worden. Der hat sie dankend angenommen und arbeitet nach wie vor lustvoll an der Verschärfung des Bußgeldkatalogs.

Terminatus flattert nun für ein Jahr mit Bonsai-Flügeln in für ihn ungewohnt gemächlichem und egodämpfendem Tempo durch den Himmel - als Strafe für sein rüpelhaftes Verhalten Grazilius gegenüber.

Grazilius ist wieder auf dem Damm; die schwarze Sonnenbrille trägt er aber trotzdem noch: Sie gibt ihm so etwas Geheimnisvolles, Undurchsichtiges. Nach anfänglichem Angiften fliegen Terminatus und Grazilius jetzt Hand in Hand in die Kantine. Dadurch fällt die geschwindigkeitsmäßige Rückstufung von Terminatus zu einem Tretroller nicht so auf. Und Grazilius erhält dafür Unterricht im Tattoo-Stechen: Er möchte Tattoos von Rudolf Nurejew und Zarah Leander gerne selber auf seine Flügel zaubern.

Endlich können Gott und Petrus ihren sonntäglichen Frühschoppen wieder entspannt genießen. Und Gott spricht zu Petrus:
»Die Menschen meinen immer, irgend etwas zu müssen.«
Petrus sinniert weiter: »Und wer zu müssen meint, vergisst, was Dürfen bedeutet.«
Gott hebt sein Weißbierglas: »Darauf einen Brummeder.«

Ebenfalls von der Zick erschienen:

Auf guad Münchnerisch:

Ironisch-frotzelnde Gedichte und Sketche in Münchner Dialekt.

BoD 2015, 120 Seiten

Taschenbuch: € 12,80 (ISBN: 9783734755101)
E-Book: € 7,49 (ISBN: 9783738670547)

Zu bestellen in allen stationären und Online-Buchhandlungen.